TASCABILI GIUNTI

W0211540

Virginia Bramati

Cercasi amore vista lago

GIUNTI

www.giunti.it

© 2022 Giunti Editore S.p.A.
Via Bolognese 165 – 50139 Firenze – Italia
Via G. B. Pirelli 30 – 20124 Milano – Italia

Prima edizione: settembre 2018
Prima edizione tascabile: giugno 2022

La meraviglia di una casa non sta nel fatto
che vi ripara e vi riscalda,
né nel fatto che ne possediate i muri.
Ma bensì nel fatto che essa ha lentamente deposto
dentro di noi provviste di dolcezza.

Antoine de Saint-Exupéry, *Terra degli uomini*

Da che mi ricordi ho sempre desiderato diventare architetto.

Anche se all'inizio questa mia attrazione per l'edilizia era più un infantile "voler costruire case", in verità.

Tutto mi affascinava del mondo edile, complice un amatissimo nonno materno geometra che mi raccontava orgoglioso il suo universo e che volentieri mi portava con sé per cantieri (all'insaputa di mia madre, naturalmente).

Come conseguenza di questa "educazione al mattone" a cinque anni avevo chiesto e ottenuto in regalo un battispago con cui tracciavo ovunque righe rosse.

A sei, alle richieste della maestra di disegnare una casa io consegnavo planimetrie. Infantili, imperfette, imprecise ma inequivocabili planimetrie.

A sette, quando mi si chiedeva cosa volessi diventare da grande rispondevo con serena sicurezza «un muratore» destando l'ilarità di anziane prozie e la contrarietà stizzita di insegnanti ancora troppo legate a stereotipi di genere. (A rassicurarle circa la capacità educativa dei miei genitori ci pensava poi mia sorella gemella Eugenia, rispondendo con un molto più femminile e conformista: «Io invece farò la ballerina con il tutù».)

A otto padroneggiavo con naturalezza termini come «platea di fondazione» e «plinto su cinque pali» e sognavo di sposare un ca-

pocantiere che per me incarnava tutto ciò che si potesse desiderare in un uomo: naturale attitudine al comando, carisma, senso della responsabilità e competenza nell'uso del silicone.

E mentre crescendo Eu rivedeva i suoi progetti professionali passando dalla ballerina alla hostess (sorvolerei sulla fase addestratrice di My Little Pony) per approdare infine all'avvocatura, io, in qualche modo, tenevo duro.

E diventavo architetto.

1

Gae Aulenti, adiacenze. Esclusivo ufficio di rappresentanza 1000 mq su due livelli. Scenografica reception.

Trovo ci sia qualcosa di profondamente poetico in una gru.

La struttura possente ma leggera, il profilo svettante, il movimento sicuro ed elegante, tutto ricorda l'uccello da cui prende il nome. Questa poi è gialla e rossa e mette allegria. Ma ora la stiamo smontando e mi viene un po' il magone. Un cantiere che chiude è sempre un momento di grande malinconia.

È la fine di una storia iniziata nel sogno di qualcuno, sogno che ti è stato affidato, di cui tu ti sei presa cura e che hai saputo trasformare prima in progetto e poi in un edificio. E anche se ora è indubbiamente una soddisfazione vedere il risultato di tanto impegno, rimane il fatto che la parte più interessante, la costruzione, il "viaggio", insomma, è giunto al termine.

Ogni fase di questo processo di creazione è emozionante: dalla relazione geologica alla presentazione del rendering (impagabile spiare la reazione dei committenti!) fino allo scavo delle fondazioni e all'avvio dei lavori. Amo il mio lavoro. È la mia vita.

Adoro il clangore, la cacofonia delle voci, la straordinaria abilità dei muratori di muoversi come funamboli sui ponteggi, ed è fantastico assistere al miracolo di come persone di diversa nazionalità, lingua e religione si capiscano e lavorino insieme condividendo ogni condizione atmosferica e le mille difficoltà della vita di cantiere.

Certo, non è sempre tutto facile. Sono comunque una ragazza in un mondo di soli uomini.

Quindi battute come quella classica sulla malta bastarda (si chiama proprio così) o su quanto il cemento debba essere "duro" all'inizio si sono sprecate, ma le ho liquidate sorvolando con *nonchalance* sul desiderio dei colleghi maschi di mettermi in imbarazzo.

Ho saputo farmi rispettare arrivando in cantiere all'alba insieme a loro, mettendo la massima serietà nel lavoro, verificando tracciati e pose con precisione e controllando con pignoleria le finiture fino nei più minuti dettagli. Sono sempre stata presente nei momenti fondamentali: dalla posa in opera delle armature al getto dei cementi armati. E così, a poco a poco, mi sono conquistata la loro fiducia e un reciproco rispetto ha preso il posto dell'ironia; ora, quando mi chiamano «architetto», non c'è più alcuna sfumatura beffarda nella voce.

E adesso sono qui con loro per la bicchierata finale, e mi considerano talmente parte della squadra che si concedono parolacce e scurrilità che io preferirei non si concedessero. Ma mai lo ammetterei.

Prima che la serata degeneri comunico che devo proprio lasciarli perché è piuttosto tardi e sono attesa in studio, guadagnandomi un affettuoso brindisi d'addio: «Al nostro bell'architetto!», che devo dire, mi riempie di commozione, poi saluto e mi allontano da quelli che per tredici mesi ho considerato quasi una famiglia.

«Architetto, architetto Maffei!»

Mi volto e sorrido a Vittorio Locatelli.

«La volevo salutare, architetto… grazie di tutto e al prossimo cantiere, allora!» Il forte accento bergamasco, insieme all'abbronzatura e ai muscoli tutt'altro che trascurabili, inquadra perfettamente il capo cantiere nell'iconografia classica di chi opera nell'edilizia lombarda.

«Grazie a lei, Locatelli, e speriamo! Anche se a oggi non c'è molto in previsione, be', sì... qualche ristrutturazione, qualche cambio d'uso... be', vedremo.»

Lui scuote la testa.

«È questa crisi che non vuole passare, eh! Lei non ha idea di quanti studi fra quelli con cui lavoriamo hanno dovuto chiudere o ridurre il personale.»

«Al momento noi resistiamo... sa, siamo una realtà grande, abbiamo le spalle coperte.» E con questa confortante sicurezza lo saluto e mi dirigo in macchina verso lo studio Mattavelli&Tortora, dove lavoro ormai da dieci anni.

Ci devo tornare perché il Mat, come lo chiamiamo alle sue spalle, mi deve parlare. E io so di cosa.

Con Piergiorgio Mattavelli, nostro professore universitario, io e Irene (già mia compagna di corso e ora collega) abbiamo preparato la tesi e in seguito lui ci ha dato l'opportunità dello stage presso il suo studio; stage non retribuito che dopo sei mesi si è però trasformato per entrambe prima in collaborazione e infine in assunzione, a tempo determinato è vero, ma pur sempre assunzione.

Da lì abbiamo scalato tutti i gradini della gerarchia, dallo stage al back office fino ad arrivare a responsabile di progetto. Insomma, a trentatré anni e a dieci dalla laurea mi posso dire soddisfatta.

E fra quindici giorni mi scade il contratto.

Ma mi sento tranquilla, perché se è vero che si sta attraversando un momento di stasi, è anche vero che stiamo partecipando a molte gare d'appalto sia in Italia sia all'estero e in ufficio si guarda con fiducia al futuro. Tanto che da poco ci siamo trasferiti in una nuova sede. Due piani in un grattacielo tutto vetri nella trendissima zona di Porta Nuova con immancabile vista su piazza Gae

Aulenti. L'acquisto di quei mille metri quadri è stato un passo importante che conferma la solidità dello studio.

Nell'ascensore, che ricorda troppo da vicino per forma e velocità una capsula spaziale, mi rendo conto di indossare ancora le scarpe antinfortunistiche e di aver lasciato le Adidas in macchina. Spero non ci si formalizzerà. In fondo torno da un cantiere. Ma non me la sento di scendere di nuovo. Soffro di claustrofobia, meno sto in luoghi chiusi e meglio è per tutti.

L'ascensore si apre sul biancore latteo di legni tinti a olio e vetri sabbiati dell'ingresso del piano direzionale.

In mezzo all'atrio, su una piattaforma di legno rotante, domina la mitica 500 bianca con cui l'architetto Mattavelli si è recato da Milano a Parigi in una notte per partecipare alla sua prima gara d'appalto. La costruzione di una biblioteca avveniristica nelle *banlieue* l'ha fatto conoscere a livello internazionale e la 500 è diventata il suo talismano: per anni Mat si è presentato all'apertura delle buste guidando la piccola utilitaria.

O così narra la leggenda.

Perché io, in realtà, faccio una certa fatica a immaginare l'architetto Mattavelli e i suoi 204 centimetri rivestiti di pregiato cachemire total black ripiegarsi in questa 500 anni Sessanta se non proprio costretti da forza maggiore.

Irene mi aspetta seduta alla sua scrivania. Ovvio. Il contratto scade anche a lei. Mi sorride serena. Entrambe sappiamo che, a meno di brutte sorprese, il contratto ci verrà rinnovato senza difficoltà.

Ma non riesco nemmeno a scambiare una parola con lei perché subito mi dice: «Piergiorgio ci aspetta nel suo ufficio». E lì ci affrettiamo ad andare. Entrata, Mat subito: «Ah eccovi qui! Accomodatevi pure che...». Si interrompe, corruga la fronte mentre punta lo sguardo sui miei piedi. «Ma cos'hai addosso? Togliti subito quei cosi, non voglio che mi sporchino il pavimento!»

Togliere le antinfortunistiche? Ma io le scarpe le ho in macchina!

«E posa quell'elmetto da qualche parte!» dice indicando con il mento il mio amatissimo casco giallo che tengo fra le mani.

E scuote la testa sconcertato. Come se fosse assurdo vedere un architetto con casco e scarpe protettive. Poi mi guardo intorno. In questo luogo così asettico con Irene di Max & Co vestita e in tacco dodici calzata un po' assurdo in effetti lo è. Questo è il "pensatoio", e chi come me vive nei cantieri poco lo frequenta.

Quindi mi tolgo le scarpe trafficando un po' ed entro camminando con circospezione, dato che, con i calzettoni ai piedi, temo di scivolare sul pavimento tirato a lucido.

Mat siede dietro la scrivania formata da pochi pezzi di legno bianco, che sembrano messi a caso, e in parte circondata da un pezzo di lucida lamiera ricurva che ha un effetto fortemente respingente per chi sta dal lato opposto. Oltretutto ho sempre avuto il sospetto che sia un effetto voluto.

Sulle pareti sono appesi i disegni originali eseguiti al tecnigrafo di vecchi, prestigiosi progetti del nostro.

Congiunge le mani, le avvicina alla bocca e, assumendo quel fare fastidiosamente paternalistico che utilizza sempre quando deve parlare con noi collaboratori, ci dice: «Verrò subito al dunque: il momento, come ben sapete, è difficile. L'edilizia, purtroppo, è ancora ferma e all'orizzonte non ci sono segnali di ripresa. Per quanto riguarda gli appalti su cui contavamo... non ci sono certezze di poterli portare a casa, inoltre è già marzo e se ne riparlerà a settembre. Quindi, a causa della situazione congiunturale e delle spese affrontate per questi nuovi spazi, delle ingenti spese vorrei aggiungere, lo studio... cioè l'architetto Tortora e io abbiamo preso la decisione, la dolorosa decisione vorrei aggiungere, di azzerare le collaborazioni e di non rinnovare i contratti in scadenza alle figure non strettamente necessarie...».

Questo è un vero colpo, ci sono persone nel team che stimo e mi dispiace profondamente per loro. Sarà dura vederle andare via. È chiaro che ci sarà un maggior carico di lavoro per chi resta, dato che a conti fatti verrà lasciato a casa metà del personale.

«… E a fronte di queste considerazioni, mi trovo purtroppo nella posizione di poter rinnovare il contratto solo a una di voi.»

Prego?

«Scusa, Piergiorgio, non ho capito… stai dicendo che licenzierai una di noi?» domando appena mi sono ripresa dallo shock.

«No, noi non licenzieremo nessuno… noi… non rinnoveremo il contratto.»

Ah be', allora!

«Questo cambia la prospettiva per voi ma non certo per noi» puntualizzo.

Lui apre le braccia in segno di impotenza: «Se potessi agirei diversamente, ma gli altri architetti sono tutti assunti a tempo indeterminato, ho le mani legate… in ogni caso se in futuro si presenterà l'occasione…».

Sto per rispondergli che da questo colloquio mi aspettavo di tutto ma non di certo questo, quando Irene, con una *vis* polemica che non le conoscevo, inizia a riversare su Mattavelli tutta la sua indignazione: «Non ci posso credere! Guarda, proprio non ci posso credere che io sia qui insieme a lei…». Scuote la testa fissandolo con uno sguardo che fa veramente paura. «Ti ricordo solo i tanti progetti portati felicemente a compimento.» È vero, abbiamo sempre formato un bel team, lei in ufficio ai computi metrici e io alla direzione dei lavori. «Inutile dire che tutto mi aspettavo tranne rischiare il licenziamento, e in questo modo oltretutto!»

Be', questo sì che è cantargliele chiare.

Lui si allunga sulla scrivania, una luce strana negli occhi: «È vero, avete lavorato bene ma avete anche percepito un giusto stipendio per il vostro lavoro. E a chi di voi due dovrà andarsene rimarrà l'esperienza fatta in uno studio blasonato e su grandi progetti, un'esperienza che di certo avrà un suo peso nel curriculum e che potrete spendere con facilità... Voi avrete dato tanto e certamente contribuito alla nostra crescita, ma anche lo studio vi ha dato molto, permettendovi di crescere professionalmente in un ambiente internazionale. Per quando riguarda i criteri, la decisione verrà presa valutando i vostri profili e le nostre esigenze. Niente di personale... credetemi».

«Giusto stipendio? Hai il coraggio di parlare di soldi? Con tutti quelli che avete buttato qui dentro? Dopo tutto quello che ho fatto... sì... be'... abbiamo fatto per te! E non dovrei prenderla sul personale? E come dovrei prenderla?» In effetti cosa c'è di più personale di un licenziamento? E tutto a causa delle loro manie di grandezza che li hanno portati ad acquistare questi uffici faraonici.

Guardo Irene, che mi sembra in procinto di volerselo sbranare, e comincio a comprendere la funzione della lamiera intorno alla scrivania.

«Non ho intenzione di discutere con te l'opportunità o meno di aver investito il nostro denaro in questi uffici. In ogni caso capisco il vostro disappunto e la vostra delusione, credetemi. Ma la decisione di avvalerci delle competenze di una sola fra voi due è ormai stata presa. Nel frattempo, se posso darvi un consiglio paterno, voi lavorate come avete sempre fatto e quando avrò... avremo preso una decisione su chi sarà la predestinata, se così possiamo dire, ve la comunicheremo.»

La predestinata?!

A questo punto Irene gli lancia un'occhiata incenerente, che peraltro non pare scalfirlo neanche un po', poi esce sbattendo con violenza la porta e dandogli precise indicazioni sull'utilizzo che dovrebbe fare dei suoi consigli paterni.

A me non rimane che seguirla. Camminando con le scarpe in mano. Sentendomi un po' stupida e molto frastornata.

Irene mi aspetta appoggiata alla mia scrivania. Rossa in viso, le braccia incrociate, la punta della scarpa che batte nervosamente sul pavimento. Il ritratto dell'ira. Decisamente l'ha presa sul personale.

Mi avvicino e cerco di rassicurarla: «Ascolta Irene, è un colpo anche per me, ma vedrai che troveremo una soluzione. Potremmo proporre un part-time. Magari verticale. Cercheremo altre collaborazioni. Insomma ce la caveremo».

Ma lei non risponde, si limita a lanciare occhiate infuocate verso l'ufficio di Mattavelli.

«Se penso a quello che...» Scuote la testa. «Che bastardo! Bastardo e stronzo», la voce abbastanza alta affinché a Mattavelli possa arrivare il suo giudizio in tutta la sua severità anche attraverso la porta chiusa. «Tu non capisci... lui non può farmelo! Non può! Non hai idea di cosa può significare questo per me.»

Questa affermazione è così priva di senso (la calcolatrice nel mio cervello che si è subito attivata dà solo numeri in rosso, quindi so bene cosa può significare per lei), e lei ne è perfettamente consapevole, che decido di non ribattere.

«Ok, adesso è a conoscenza anche lui del tuo punto di vista, però ora andiamo a casa che è piuttosto tardi.»

Mi guarda come se non capisse chi sono e cosa le sto dicendo.

«Cosa? Ah sì... certo... comincia ad andare, io rimango qui un attimo, mi calmo e poi...»

Lancio un'occhiata verso l'ufficio di Mattavelli.

Lei capisce subito il mio timore.

«Non ti preoccupare, tutto quello che dovevo dire l'ho detto.»

«Non è tanto quello che vorresti dirgli che temo, ma quello che vorresti fargli.»

Fa una smorfia che vorrebbe essere un sorriso ironico, credo.

«Non ti preoccupare, non lo ammazzerò... anche se l'idea mi attira molto.»

«Sei sicura? Io posso aspettarti...»

«No, no, vai pure... lunedì... lunedì poi ne parliamo e vediamo il da farsi. E come dici tu troveremo una soluzione, faremo delle proposte» taglia corto lei.

«Magari ci sentiamo più tardi?»

«Sì, magari» ma è lontana con la testa.

«Ok allora» e mi avvio controvoglia.

Ho già attraversato l'ingresso e aperto la porta quando mi rendo conto di avere ancora in mano le scarpe e questo mi ricorda che ho lasciato l'elmetto sulla scrivania.

Torno sui miei passi rapida e silenziosa. Troppo silenziosa.

Irene non è più dove l'ho lasciata. Dalla porta socchiusa dell'ufficio di Piergiorgio, non arriva alcun suono. E a me si ferma il cuore.

Mi avvicino alla soglia temendo ciò che vedrò. E per un attimo ciò che vedo (e sento) mi paralizza, anche se la scena che mi si presenta è ben lontana da quella che paventavo.

Sono uno di fronte all'altra in una posizione che all'apparenza potrebbe sembrare di civile confronto se non fossero così bizzarramente vicini e se lui non le tenesse le mani sulla camicetta, o meglio *dentro* la camicetta.

Situazione inequivocabile.

Oltretutto, vista da qui, direi che la cosa piaccia a entrambi. E molto.

Trovo la forza di scollarmi da lì e allontanarmi. Mi rendo conto di non riuscire a provare nulla, sono in uno stato di totale congelamento delle emozioni. Arriveranno, e non sarà facile né piacevole gestirle.

Quindi mi ritrovo ancora una volta all'ingresso, ma prima di uscire lancio un ultimo sguardo alla 500 e poi, oltre allo sguardo, decido di lanciare anche una scarpa. Una pesante scarpa antinfortunistica rinforzata in metallo che compie il suo dovere rompendo il parabrezza della reliquia.

Suono sublime del vetro temperato che va in mille pezzi.

Poi finalmente apro la porta ed esco per mai più ritornare.

Perché ho il sospetto (credo fondato) che non sarò io la "predestinata".

2

Colonne di San Lorenzo, in palazzo d'epoca con ballatoio a uso esclusivo, ampio monolocale di 50 mq, con antibagno e doccia.

Sdraiata sul letto nonostante siano solo le quattro di pomeriggio, fisso il soffitto e medito sul rapporto tra identità e lavoro, arrivando alla conclusione che se è vero che si lavora per vivere è anche vero che il lavoro ti definisce e non solo socialmente. Quando infatti incontriamo per la prima volta una persona, la domanda «Che lavoro fai?» viene posta per rendere "socialmente riconoscibile" chi ci troviamo di fronte, ma la risposta che riceviamo è «*Sono* un architetto/un insegnate/un infermiere». Perché, ammettiamolo, la professione ci identifica.

Il problema nasce quando il lavoro viene meno, perché in quel caso si va in crisi d'identità, o almeno è quello che sta succedendo a me, dato che a tre mesi dal mancato rinnovo del contratto con lo studio Mattavelli & Tortora non solo non ho ancora trovato un nuovo lavoro, ma comincio a temere che mai più lo troverò. E, credetemi, non è un attacco di pessimismo.

L'assidua ricerca è iniziata sull'onda del pensiero positivo. Ho dapprima indagato fra i miei contatti, forte dell'esperienza acquisita; poi, a fronte dei risultati non lusinghieri, ho abbassato la richiesta, offrendomi per qualsiasi posizione libera in uno studio di ingegneria o architettura, quindi ho ingoiato l'orgoglio e chiamato Vittorio Locatelli, con cui non mi sono sentita di giocare la carta del "Sono alla ricerca di nuovi stimoli professionali" ma ho scelto la sincerità.

E lui mi ha aiutato mettendomi in contatto con altri studi e imprese edili, ma uscita dal cerchio delle mie conoscenze le cose si sono fatte ancora più difficili. Non solo sono diventata "la signorina Maffei" e non più "l'architetto Maffei", ma c'è anche stato un inanellarsi di appuntamenti non rispettati (l'ingegnere è già uscito/è in un meeting/è in viaggio di lavoro... è sicura che l'appuntamento fosse fissato per oggi?), o dimenticati (ah, era per oggi? Scusi, me n'ero scordato, ma, guardi, ho giusto due minuti per lei), e di colloqui tutti in salita nei quali nulla di quello che dicevo sembrava incontrare il gradimento dell'intervistatore. Ne sono uscita demotivata e sempre più consapevole dell'esistenza di un "dentro" e di un "fuori", dove chi è all'interno di una realtà lavorativa non si considera semplicemente più fortunato di chi ne è fuori bensì, in una visione calvinista, migliore. In ogni caso, conosciuti o meno, pubblici o privati, empatici o scostanti, la risposta rimane sempre la stessa: «Ci dispiace, ma per ora no».

E io, venuti a mancare i punti di riferimento entro i quali si muoveva la mia vita, non la riconosco più questa mia vita. Dove sono la sveglia puntata alle cinque e le corse in macchina per raggiungere il cantiere? Dove gli incontri quotidiani con Locatelli? Dove i mille impegni? Dov'è finito l'architetto Bianca Maffei? Dove sono finita io?

Perso il senso di pienezza che avevano i giorni.

E adesso è giugno e tutto sembra congelarsi nell'attesa della ripresa a settembre, vero inizio dell'anno anche per le imprese.

Mi volto e guardo il mio elmetto giallo e lo scarponcino superstite. Unici segni, insieme al diploma di laurea appeso nel salotto della casa dei miei genitori, a darmi testimonianza di quella che è la mia professione.

Certo, sono ancora Bianca figlia, sorella, amica, ma non mi è di grande conforto. Soprattutto perché la mia migliore amica era Irene, su cui francamente non penso di poter (né di voler) contare e da cui ho ricevuto un solo WhatsApp che oltre a "Mi dispiace" e "Cerca di capire" non conteneva molto altro e a cui non ho perso tempo a rispondere lasciando che il lancio della scarpa antinfortunistica parlasse per me. Troppa la delusione nei confronti di chi ha applicato il motto *mors tua vita mea* alla nostra amicizia.

Per quanto riguarda la mia famiglia, confesso che per il momento è ancora all'oscuro di tutto.

Ma è chiaro che questa mia omertà non potrà durare ancora a lungo, dato che sto finendo i risparmi e tra poco non sarò più in grado di far fronte alle spese. Ci sono decisioni da prendere. E presto.

Così questa sera sono a cena da mia sorella e sarà l'occasione per cominciare a dirlo a lei. Magari con un po' di fortuna riuscirò a evitare di confessarlo ai miei genitori. Soprattutto a mio padre, e non perché me ne vergogni o non voglia preoccuparlo, ma per un semplice atto di autodifesa. Perché mio padre non solo non ne sarebbe addolorato o preoccupato ma, anzi, ne sarebbe molto (troppo) lieto.

Giovanni Maffei (per tutti «il Gianni»), classe 1947, perito meccanico. Finita la scuola ha lavorato per qualche anno presso una grande società per poi cominciare a produrre in proprio raccordi idraulici con una pressa e un tornio nella cantina dei miei nonni a Binasco. Ora possiede una società che impiega più di trecento persone e vende, soprattutto all'estero, prodotti conosciuti per la loro affidabilità e precisione.

Come imprenditore si è meritato la stima e il rispetto dei suoi dipendenti grazie alla capacità di saper prevedere e anticipare il mercato, cosa che ha garantito grande solidità all'azienda. In più di quarant'anni di attività non c'è mai stato un licenziamento o un giorno di cassa integrazione. Il suo assioma è molto semplice: «Ciò che è bene per l'azienda è bene per tutti», perché è lì che si generano il benessere e la sicurezza dei dipendenti e della famiglia.

Come padre ha preteso da noi educazione, dedizione negli studi e rispetto per gli altri, e in cambio ci ha dato molto di quel suo amore un po' ruvido ma su cui si può fare sicuro affidamento.

Come imprenditore&padre ha questa fastidiosa convinzione di sapere sempre cosa sia il meglio per tutti noi e la dispotica tendenza a dare le cose per scontate. A partire dal nome della società che, nata come Giovanni Maffei S.p.a., alla nostra nascita si è immediatamente trasformata in Giovanni Maffei & Figlie S.p.a. con regolare atto notarile. Più che una legittima speranza, una netta dichiarazione d'intenti. Ci ha blindato il futuro. O almeno contava di averlo fatto. Non sapeva ancora con chi aveva a che fare.

Perché se per quanto riguarda le superiori le nostre richieste di essere iscritte io a geometra all'istituto tecnico Cattaneo ed Eugenia al classico al liceo Berchet erano state serenamente disattese e bollate come «sciocchezze» (venendo entrambe quindi arruolate d'ufficio nei ranghi del liceo scientifico Volta quale naturale prologo alla futura iscrizione a Ingegneria meccanica o al massimo, vista la scarsissima propensione di Eugenia per qualsiasi materia scientifica, a Economia e commercio), al momento della scelta universitaria portare a casa un'altra vittoria non si è rivelato così scontato per lui. La lotta con due diciannovenni testarde si prospettava molto dura.

Io, da parte mia, avevo urlato, pianto, implorato, cercato di ragionare, lui aveva urlato, ricattato (moralmente e materialmente) e rifiutato di ascoltare le mie ragioni, incapace di accettare che le sue figlie non volessero entrare nel meraviglioso mondo dei raccordi idraulici.

Eugenia, da parte sua, si era limitata a farsi dare i soldi da mia madre e a iscriversi senza batter ciglio a Giurisprudenza.

Io, invece, in un impeto di orgoglio (o stupidità), avevo deciso che, se volevo iscrivermi ad Architettura, mi sarei dovuta guadagnare la retta, cosa che avevo fatto lavorando da McDonald's per tutta l'estate. Guadagnandomi sì la retta, ma anche un'idiosincrasia verso gli hamburger che dura tuttora e che mi costringe a cambiare marciapiede se sulla mia strada incontro uno dei negozi della catena.

Insomma, alla fine nessuna delle due aveva ceduto al dolce richiamo dei raccordi Victaulic, e ci eravamo dedicate ad altro. Mio padre, messo davanti al fatto compiuto, aveva commentato scuotendo mestamente la testa: «Due disoccupate, ho allevato due destinate alla disoccupazione più nera». E, vista la situazione in cui mi trovo ora, forse tutti i torti non li aveva.

Poi è sopraggiunta la rassegnazione, quindi la curiosità e infine l'orgoglio di avere due figlie laureate presto e bene, tanto da volerne incorniciare i diplomi di laurea e appenderli in salotto.

Ma il sogno che noi prima o poi si approdasse in azienda non si è mai spento e il perdurare di quel "& Figlie" accanto al suo nome nella ragione sociale ne è la prova provata. Gli darei una gioia, una gioia che per me però rappresenterebbe una sconfitta.

Scendo dal tram in piazza Cinque Giornate e mi avvio lungo corso XXII Marzo, verso l'elegante appartamento che Eugenia condivide con il suo fidanzato Luca, un fascinoso nerd a cui sono molto affezionata.

Appena Eugenia, dopo i saluti d'obbligo, mi chiede «Novità?» con quel suo solito tono svagato, sento la mia voce rispondere contro il mio volere: «Mattavelli non mi ha rinnovato il contratto», e scopro che confidarglielo rende la cosa ancora più dolorosamente reale.

«Ma come? Pensavo si trattasse di una mera formalità.» Ho tutta la sua attenzione ora.

«Anch'io» sospiro mentre mi lascio cadere sul divano Roche Bobois di velluto a coste color tortora dopo aver salutato Luca che, seduto in poltrona, sta lavorando al computer.

«Possiamo vedere se ci sono gli estremi per una causa...» Intravedo i canini pronti ad azzannare.

«Nessuna speranza, Eu, era un contratto a tempo determinato.» Leggo la delusione nei suoi occhi. È pur sempre un avvocato.

«Che bastardo! Peraltro a me il tuo capo non è mai piaciuto!»

«E su che basi, scusa? Non l'hai mai neanche visto.»

«Sulla base del nome: Piergiorgio. Bisogna diffidare da chi porta i nomi doppi; dei genitori indecisi o desiderosi di accontentare per piaggeria entrambe le famiglie di origine non saranno mai dei buoni educatori.» Il tono è *tranchant*. Ne è veramente convinta, quindi.

«Ah, questa non l'avevo proprio mai sentita.»

Poi si siede accanto a me. Colgo lo sguardo di Luca che si sofferma su di noi.

So a cosa sta pensando. A quello cui tutti pensano vedendoci vicine. A quanto siamo uguali. A quanto siamo diverse.

Perché io e mia sorella Eugenia siamo gemelle. Stessa altezza, stessi lineamenti, stesso sorriso, fisicamente siamo identiche, una la fotocopia dell'altra. Solo che in questa operazione all'acido lei è l'immagine originale, io la copia in bianco e nero. Seppiata, diciamo.

Tutti i colori se li è presi lei, e che colori! Dal rosso tizianesco dei capelli, al verde smeraldo degli occhi, al bianco alabastro della pelle.

Io sono lei ma declinata nella cartella Pantone dei neutri, giusto per capirci.

«E quando è successo?» Eu è decisa a non mollare.

«Un po' di tempo fa.»

«Un po' di tempo fa» ripete. «*Un po'* quanto? Perché se mi ricordo bene il tuo contratto...»

Alzo le mani in segno di resa.

«Va bene, mi dichiaro colpevole, vostro onore! È successo tre mesi fa.»

Pausa.

«E com'è che lo vengo a sapere solo oggi?» Eu sembra realmente sorpresa.

«Pensavo... be', pensavo di trovare subito un altro posto e così non sarebbe stato necessario... ma così non è stato.»

Lei si guarda le unghie perfettamente laccate e io devo controllare l'impulso di nascondere le mie, il paragone sarebbe impietoso.

«E c'è qualcosa in vista?»

«No, non per il momento. Ma dovrò trovarmi presto uno straccio di lavoro anche se non mi sento pronta per il call center e di fare la cameriera non se ne parla, dato che, come ben sai, sono cintura nera di goffaggine.»

Ma Eugenia-caterpillar-Maffei non coglie la battuta e prosegue imperterrita: «La mamma lo sa?». Tasto dolentissimo.

«No, non ho ancora avuto il coraggio di dirglielo...» e non è stato facile nel corso di questi mesi mentirle sistematicamente.

«Ma, guarda, se vuoi il mio parere la cosa non la sconvolgerà più di tanto... mi ha chiamato proprio ieri e mi ha detto che sta vivendo la sua seconda giovinezza, "un momento di ottimismo e fiducia", testuali parole.» Come se fosse mai uscita dalla prima, di giovinezza.

«Che consisterebbe in?» chiedo con timore conoscendo mia madre.

«Per ora nel mettere la pagina Facebook dei Måneskin fra i preferiti insieme a quella di Giallo Zafferano e *Vanity Fair* e seguirli come una groupie. Credo abbia una cotta per il frontman che, ti prego di notare, si è da poco lasciato l'adolescenza alle spalle, ma si attendono sviluppi. Per me è in piena sindrome Brigitte Trogneux.»

«Non so di chi o cosa tu stia parlando.» Ho il sospetto che abbia detto nomi a caso.

«I Måneskin sono i vincitori morali di *X Factor*... lo sai che la mamma si è fatta regalare l'abbonamento a Sky, no? E Brigitte Trogneux è la moglie di Macron... *Monsieur le President*... dice che le ha ridato la gioia di vivere sapere che un quarantenne (peraltro notevole) abbia lottato per l'amore di una decisamente più che sessantenne.»

«E papà?»

«Papà si limita a scuotere la testa e ad accompagnarla ai concerti di cui lei ha preso biglietti per tutte le date.»

«L'asseconda, insomma, come sempre peraltro.»

«Già, come sempre.»

«Secondo te prenderà bene che se non trovo al più presto un altro impiego dovrò tornare da loro?»

«No, questo non lo prenderà bene... Ha appena trasformato la nostra camera in un centro yoga per lei e le sue amiche. Piuttosto, sei consapevole, vero, che se torni da loro il giorno dopo ti ritroverai dietro una scrivania della Giovanni Maffei & Figlie a vendere inserti metrici francesi?»

«Sì, ne sono perfettamente consapevole» sospiro.

Dalla poltrona arriva la voce pacata di Luca: «Perché non provi a parlarne con Sassi? Potrebbe sentire Alessandra se in comune...».

«Giusto, le ragazze di Verate, come ho fatto a non pensarci! È proprio il genere di cose che fanno loro.»

«Perché, loro che genere di cose fanno?» chiedo con un certo timore.

Eugenia fa un gesto vago con la mano.

«Aiutare gli altri... darsi da fare per chi è in difficoltà... quel tipo di cose lì... fare le filantrope, insomma.» Poi si rende conto di essere stata un filo indelicata. «Non che tu sia un caso umano, s'intende.»

«S'intende» e le sorrido perché mia sorella è fatta così: svagata, a volte insensibile, ma sempre presente.

La mattina dopo il cellulare squilla che sono ancora a letto. È lei che mi chiama dall'ufficio.

«Ciao! Ho sentito Sassi e lei, naturalmente, si è messa subito in moto.» Ha il tono di chi dava la cosa per scontata.

«Bene, grazie, fammi sapere se...»

Ma lei non mi ascolta e prosegue: «E a questo proposito ho una notizia buona e una cattiva, quale vuoi per prima?».

Vorrei dire la cattiva, chiuderla lì e tornare a dormire, ma Eu mi sta già dando la buona: «Ci sarebbe un lavoro dove cercano proprio una laureata in Architettura».

Mi metto subito seduta sul letto. Questa notizia buona è talmente buona che, lo so, annullerà qualsiasi brutta notizia Eu sia in procinto di darmi.

«La notizia cattiva è che non è esattamente il tuo lavoro.»

«Ed esattamente cos'è?» chiedo ancora ottimista.

«Agente immobiliare.» La sua voce non riesce a nascondere del tutto il ribrezzo.

«Agente immobiliare?»

«E sarebbe a Verate.» Ora non cerca più neanche di nasconderlo, il ribrezzo.

Verate? E dov'è Verate?

«C'è poi il dettaglio che, va da sé, dovrai cancellarti dall'albo degli architetti perché per legge...»

Cancellarmi dall'albo degli architetti??!!

Queste in realtà sono tre notizie cattive e, sì, sono state perfettamente in grado di annullarne una buona.

3

In vivace centro alta Brianza, particolare bilocale mq 60 in contesto di corte lombarda ristrutturata e ben abitata.

Alla fine la mancanza di alternative mi spinge a presentarmi al colloquio fissato per me dalle amiche di mia sorella con il geometra Anacleto Volpe dell'agenzia immobiliare Non solo case (*sigh!*) di Verate.

L'umore è quello dato da un miscuglio di emozioni: amarezza, timore per quello che troverò, speranza. La mia parte razionale è decisamente delusa di dover rinunciare alla mia professione e anche pessimista circa la possibilità che questo incontro si riveli un'opportunità reale, ma ben nascosta nel mio cuore c'è anche un'altra parte di me pronta a farsi sorprendere.

E devo dire che finora qualche sorpresa Verate me l'ha già regalata, perché per arrivarci mi aspettavo di dover attraversare una costellazione di fabbriche e capannoni raggrumati in tristi zone artigianali, invece mi trovo a percorrere strade immerse nel verde dove abbondano corsi d'acqua, laghetti e centri pittoreschi per raggiungere infine un fiume che costeggia i campi, una leggera salita, un bosco, poi il campanile e le case; alle spalle, colline appena accennate nei colori di questo inizio d'estate.

Il centro abitato si rivela poi molto curato, con strade in pavé, una sequenza di antichi palazzi borghesi, una piazza dove domina un parco su cui si affacciano edifici imponenti e molto eleganti.

L'agenzia immobiliare si trova in una delle viuzze che si diramano dalla piazza. Anche qui case elegantemente ottocentesche, una boutique, un colorato verduraio, un negozio di parrucchiera. Poi due vetrine con qualche foto di case e l'insegna in rosso mi dicono che sono arrivata a destinazione.

Prendo fiato ed entro.

Sulla sinistra, seduta dietro una scrivania di orrido impiallacciato noce, una ragazza riccia e sorridente. Dalla scollatura della camicetta bianca, che le lascia le spalle scoperte, spuntano dei boccioli di fiori di loto tatuati sulla pelle chiara.

Mi presento e lei mi indica gentile il soppalco: «Il geometra la sta aspettando».

Salgo i gradini con un po' di nausea, non so se riconducibile alla tensione o allo sconforto.

Il geometra Anacleto Volpe è un tipo dall'aspetto "pittoresco", diciamo: basso, tarchiato, con un inguardabile riporto. Indossa la classica divisa da agente immobiliare: giacca nera con le spalle in evidenza, camicia dal collo imponente e cravatta in seta fantasia dal nodo esplicito.

Dopo i saluti mi fa cenno di accomodarmi sulla sedia davanti a lui.

Gli porgo il mio curriculum.

«Ho pensato che volesse avere un'idea...» inizio.

«Be', sì grazie... anche se so che lei è amica di Sassi, la figlioccia del conte Aleardi, e per me questo basta e avanza» mi interrompe in tono spiccio mentre afferra il foglio che gli tendo.

Sto per dirgli che non ho idea di chi sia il conte Aleardi, che non ho neanche ancora incontrato quella che lui definisce «la sua figlioccia» e che vorrei essere apprezzata per la mia professionalità, ma lui si è già immerso nei miei dati biografici.

«Bianca Maffei... nata a Milano... l'8 giugno dell'85... trentatré anni, eh? Gli stessi di Gesù quando è morto... stia attenta!» ammicca, e poi ridacchia alla sua (infelice) battuta. E io mi domando a cosa poi dovrei stare attenta. A non innervosire il Sinedrio di Verate, immagino. Ma non dico nulla e indosso un sorriso tanto gentile quanto ebete.

«Laureata al Politecnico di Milano... 110 e lode, però! Capo progetto per Mattavelli & Tortora...» S'interrompe e mi guarda sopra le mezze lenti. «E poi cos'è successo?»

Qui sono preparatissima, sono mesi che do la stessa risposta: «La sopraggiunta crisi del mercato immobiliare ha purtroppo reso necessaria una riduzione del personale e lo studio non ha potuto permettersi di rinnovarmi il contratto». Mi colpisce sempre come, detta così, la cosa appaia sensata e priva di ricadute dolorose.

Lui annuisce comprensivo.

«Capisco, il nostro è un mercato ancora in sofferenza, ma nonostante questo...» sospira compiaciuto mentre si appoggia all'enorme poltrona di pelle nera «qui il carico di lavoro è in costante crescita.» Mani intrecciate sul panciotto dove le asole sembrano condurre una lotta impari per trattenere i bottoni. «Per questa ragione ho deciso di dividere i compiti, quindi mi occorre una persona che si occupi delle acquisizioni e delle vendite, e di alcuni progetti speciali. Sotto la mia supervisione, s'intende.» Pausa a effetto e poi: «Come se la cava con le perizie?».

Le perizie?

«Bene, me la cavo bene...» Cosa ci sarà di difficile nelle perizie? «Molto, molto bene» puntualizzo.

«Ecco, come dicevo, Cristina, la mia assistente, si occuperà invece degli affitti e io dell'amministrazione di condomini. Ci aspettano delle belle sfide ed è per questo che vorrei che il mio staff si ispirasse all'incitamento di Steve Jobs: "State affamati, state pazzi".» È chiaro che non vedeva l'ora di dirlo e credo che qualcosa nella mia espressione riveli il mio pensiero perché lui chiede: «Lo conosce vero?».

Io non ho il coraggio di dirgli che la traduzione mi pare un po' grezza e quindi glisso domandando: «Ha uno staff molto nutrito, geometra?».

«Al momento solo lei e la mia segretaria.»

Questa volta sono io ad annuire comprensiva, il geometra mi è ottimista, oltretutto vedo che dà già per scontato che io entri a far parte del suo staff. Peraltro non è che ho tutte queste altre possibilità fra cui scegliere e quindi continuo ad annuire, ed è di fatto come firmare la lettera di assunzione. Infatti lui prosegue: «Poche cose che devi sapere sul mondo della intermediazione immobiliare, o meglio poche regole: cellulare sempre con te,» comincia a contare sulle dita e passa a una più impositiva seconda persona singolare «un guardaroba adeguato,» lancia uno sguardo ai miei pantaloni cargo e alla mia t-shirt nera che probabilmente non sono considerati consoni «frequentazione dei posti giusti, quindi sempre la messa alla domenica...».

«Prego?» Ho sicuramente capito male.

Si sporge sulla scrivania: «Qui ci vanno tutti e tu devi farti conoscere, fare in modo di conquistare la loro fiducia... Per esempio, sarebbe una buona idea chiedere a don Corrado, il parroco, di affidarti le letture durante la messa così ti si noterebbe... ma questo lo faremo magari più avanti... poi, dopo la funzione, fermarsi sul sagrato per scambiare quattro chiacchiere o anche solo per ascoltarle».

Sono ammutolita.

«E devi frequentare la Trattoria Moretti, almeno per la colazione: è in un punto estremamente strategico e lì si incontra tutto il paese. Perché dietro a ogni avvenimento umano che sia fidanzamento, matrimonio, nascita, divorzio, funerale... be', c'è sempre una casa che si vende e una che si compra in una eterna catena di percentuali per la nostra agenzia. Soprattutto, bisogna cercare di arginare la fastidiosa tendenza dei veratesi al fai-da-te e starci dietro... educarli.»

Mi si sta aprendo un mondo.

Naturalmente dovrò iscrivermi al corso e fare esami, naturalmente nel frattempo potrò lavorare ma non firmare i contratti, naturalmente il mio stipendio prima di poter incassare le percentuali sulle vendite sarà molto basso e quando potrò prenderle sarà in ogni caso basso, a meno che io non riesca a vendere case a raffica.

Questo lavoro che non mi sono scelta e che mi permetterà a malapena di sopravvivere, oltretutto in un posto che non conosco, mi dà però la possibilità di tornare a lavorare e io sento la necessità di lavorare come di respirare. L'esigenza di attivare quotidianamente i neuroni e uscire dal limbo della disoccupazione. Di confrontarmi con il mondo e contribuire al suo andamento. Senza contare la non trascurabile necessità di mantenermi sopra la soglia di povertà.

Quindi sorrido e mi aggrappo a questa opportunità.

«Okkei allora, se siamo d'accordo per me puoi iniziare anche subito, la Cri ti spiegherà tutto. Adesso io vado che ho un'assemblea condominiale alla Mandella e sono già in ritardo.» Quando si alza dalla sedia mi accorgo che è persino più basso di quanto pensassi.

Cristina mi offre una tazza di tè, mi svela (su mia precisa domanda) che non ha solo i boccioli, ma anche due fiori di loto tatuati su una porzione di pelle al momento invisibile e una casetta di *Up* con tanto di palloncini sulla coscia destra. A lei va tutta la mia ammirazione: io, se potessi, mi farei fare la ceretta sotto anestesia.

«A Verate il mercato immobiliare è piuttosto vivace per quanto riguarda l'affitto,» mi spiega «grazie all'ospedale universitario, che è un centro di riferimento per varie eccellenze e attira perciò personale ospedaliero e familiari dei pazienti, e alla Parodi Valsecchi, casa farmaceutica di livello internazionale. Quindi abbiamo molte richieste di ogni genere e per ogni tipo di locazione, dalla casa ammobiliata per pochi giorni al classico quattro più quattro. Anche perché qui a Verate non abbiamo alberghi.»

Annuisco interessata. Non mi sembra di aver fatto altro da quando sono arrivata.

«Mentre il mercato della compravendita ha un passo diverso. Qui si costruisce poco e si vende con riluttanza. Ma qualcosa ora c'è, qualche casa in vendita per cui troverai con facilità degli acquirenti; poi ci sono le case ex ICTP, che la regione ha deciso di mettere in vendita e per cui ci ha chiesto di fare da intermediario sul territorio. Sono quattro palazzine poste in posizione strategica dietro l'ospedale, al di là del fiume sulla prima collina, e per cui abbiamo già come possibile acquirente una società inglese, la Patrol Real Estate Company; tu dovrai accompagnare il loro referente italiano, l'ingegner Sanna, nei sopralluoghi e collaborare alla stesura della perizia preliminare.» Ed ecco spiegato a cosa serviva un architetto esperto in perizie. «Questo è un progetto di importanza vitale per la nostra agenzia.»

E lo affidate a me?

«L'ente possiede molte proprietà sul territorio e se facciamo un buon lavoro con questo primo lotto…»

Lascia la frase in sospeso. Ho una bella responsabilità.

«Credo che tu sia stata assunta proprio per seguire questo progetto… sai, Volpe e Sanna… be', l'ingegnere sembra non considerare il geometra all'altezza… ci sono stati momenti… difficili, diciamo.»

Ah ecco, ora mi sento meglio.

Poi, forse rendendosi conto di avermi gettato nel panico, cambia registro e mi chiede sorridendo: «Pensi di prendere casa qui?».

«Qui?» Lì?

«Venire da Milano tutti i giorni è piuttosto impegnativo e il lavoro è praticamente senza orario, ti capiterà spesso di dover andare a visitare case di sera, potremmo vedere di trovarti qualcosa fra i nostri affitti.»

In realtà oltre che impegnativo è anche dispendioso, e io per i prossimi mesi guadagnerò pochissimo. Ma è pur vero che lasciare Milano e la mia casa sarebbe uno strappo doloroso.

Il mio appartamento alle Colonne di San Lorenzo. Mi ricordo ancora la gioia di una casa tutta mia, anche se in affitto e anche se sopra uno dei locali più frequentati della movida milanese. La mia casa, il posto accogliente dove tornare la sera, stanca e soddisfatta, dopo una giornata trascorsa nei cantieri, ma che negli ultimi mesi ha cambiato colore e sapore, il nido caldo mi si è chiuso addosso soffocandomi. E, fatto non secondario, non potrò più permettermela.

«E cosa avresti disponibile?» sospiro sconfitta. Cristina mi illustra un paio di monolocali e altrettanti bilocali. Così scopro, con profondo sconforto, che anche a Verate non mi posso permettere di affittare nulla.

Uno scoramento che affiora nella mia espressione, perché lei aggiunge: «Ok, senti ci pensiamo, eh? Quando vuoi cominciare?».

Non vorrei cominciare mai, ma dovendolo fare facciamolo subito: «Domani, direi».

«Bene, a domattina, allora.»

Appena esco nella via ricevo una telefonata da Eugenia.

«Allora, com'è andata?»

«Credo bene, inizio domattina alle nove.»

«Ottimo, ne sono contenta, così non dovrai spiegare nulla a papà. Meglio, no?»

«Be', tranne il fatto che mi dovrò spostare a Verate.»

«E perché dovresti fare una cosa del genere?!» Il tono contiene la solita, notevole dose di disgusto, Eu è fermamente convinta che la provincia sia un mondo a sé (tipo che non si stupirebbe se fra Milano e Verate ci fosse un cambio di fuso orario) e infrequentabile.

«Perché Verate dista più di un'ora da Milano centro e poi non potrò più permettermi l'affitto del mio appartamento.»

«Capisco... Vedrai, alla fine ti piacerà vivere lì...» Eugenia la falsa. «In ogni caso ti chiamavo perché Sassi mi ha telefonato e chiesto se potevate incontrarvi nel bar che dà sulla piazza, lei sta andando lì.»

«Sì, certo, vado.»

«Bene, salutami le ragazze.» Già, le ragazze di Verate.

Scopro presto che l'unico bar che si apre sulla piazza alberata è proprio quello della Trattoria Moretti.

Incrocio Sassi sulla soglia. Naturalmente è lei a riconoscermi.

«Sei la sorella di Eu, vero? Le somigli davvero molto, anche se, sai, mi aspettavo qualcosa di meno... di più...»

Le vengo in aiuto: «Ti aspettavi qualcosa di diverso, immagino, dalla gemella di Eugenia».

«Be', sì... diciamo che le somigli molto, ma che hai un aspetto più... rassicurante, ecco.»

Tutto detto con un sorriso simpatico.

«Allora, vieni che beviamo qualcosa e mi racconti com'è andata.»

Sedute a un tavolino sulla terrazza con vista su fiume e collina, le racconto brevemente cercando di colorare tutto di entusiasmo. In fondo le sono molto grata per essersi data da fare e avermi segnalata per questo lavoro.

«È stato sufficiente parlarne con Alessandra, il nostro sindaco, ma è stata sua madre, la Mary, che ha il negozio di parrucchiera accanto a quello del geometra Volpe, ad avercelo suggerito.»

Un vero passaparola.

Mentre parliamo una ragazza bella come le donne dipinte dal Botticelli ci serve il tè e una notevole crostata rabarbaro e fragole senza che nulla le sia stato chiesto. Sassi sembra trovare la cosa del tutto normale.

«Quindi cominci domani, bene!»

«Sì, l'unico problema da risolvere ora è la casa... devo trovare un posto qui, ma gli affitti sono un po' sopra le mie possibilità e...»

«Ci sarebbe la stanzetta della nonna!»

La cameriera, ancora accanto al nostro tavolo, ci guarda tutta sorridente. Sorprendentemente è stata lei a parlare.

«Giusto, Eleonora! La stanzetta di Andrej!» riprende Sassi, e ne sembra entusiasta.

Mi guardo intorno, pare che tutti gli avventori stiano ascoltando la nostra conversazione. Ma qui nessuno si fa i fatti suoi?

E poi io non so di cosa si stia parlando. Ma già sono lontana da casa, già ho saputo che il mio stipendio sarà appena sopra la soglia minima di sopravvivenza e che oltretutto con il poco che guadagnerò mi dovrò pure rifare il guardaroba, e questa cosa della stanzetta (che l'uso del diminutivo mi fa immaginare minuscola e chissà perché buia) della nonna e/o di Andrej mi mette una tristezza infinita.

«Vieni, te la faccio vedere...»

Mi alzo controvoglia e seguo la venere in grembiule trascinando un po' i piedi e per pura cortesia.

«Veramente...» Mi sembra di aver toccato proprio il fondo: lavoro indesiderato, stipendio inadeguato con cui mi posso permettere solo una stanzetta (forse). Mi sento un paria sociale. Per me la casa è troppo importante e deve avere certe caratteristiche di ampiezza e luminosità. In caso contrario diventa un luogo da cui fuggire anziché uno in cui rifugiarsi.

«Vieni a vederla! Poi decidi!»

«Va bene.» Come potrei non essere gentile con queste ragazze?

Usciamo dalla cucina della trattoria, che è tutta un bollir di pentole e fluir di profumi, e attraversiamo un cortile verde di piante e fiori di una piacevole normalità agreste; di certo, però, non è normale per me trovare ai piedi della stretta scala che, immagino, conduca alla "stanzetta" un gruppo di tre oche gigantesche che al collo portano tre bandane di colori diversi.

Eleonora si ferma a chiacchierare con loro. Sì, lo so, suona strano anche a me. «Allora, voi tre, come state? Caldo eh, in questi giorni! Dovete cercare di non ingozzarvi e bere invece molta acqua! E non stare al sole, mi raccomando!» È chiaro che Eleonora guarda il Tg1. «E adesso, da brave, fateci passare.»

E loro (un po' starnazzando, in verità) si levano di torno. Sono finita in un film della Disney. Sassi sembra trovare tutto questo più che normale.

«Loro sono Penelope, Priscilla e Gedeone» mi informa, come se fosse essenziale per me conoscerne i nomi. «Naturalmente la macchina potrai metterla qui nella rimessa con le nostre.»

«Ah bene», e penso che sarebbe la prima volta che la mia Yaris non passa la notte fuori in strada. Una novità per lei.

Mentre saliamo rifletto sul fatto che quindi la stanzetta è separata dal corpo centrale. Spero goda di un servizio tutto suo, almeno, e che l'inquilino non debba attraversare di notte il cortile bizzarramente abitato da tre pennuti per andare in bagno.

La scala è ripida e io provo a immaginarla d'inverno con ghiaccio e neve.

Poi, però, con mia grande sorpresa, la porta si apre su un piccolo ma delizioso disimpegno che immette in una cucina luminosa non grande ma fornita di tutti gli elettrodomestici e con un bel tavolo di legno scuro. Tuttavia è la camera da letto con bagno e doccia annessi che mi "stende", con il suo grande letto matrimoniale e, soprattutto, con un balcone fiorito che dà sul fiume e dove sono stati collocati un tavolino di metallo lilla e due sedie.

Mi piace. E molto. Costerà una fortuna 'sta "stanzetta".

«Quando mia nonna è venuta ad abitare con noi, la Roccia, cioè mio padre, ha pensato di costruire questo mini-appartamento per lei sopra la rimessa, poi l'abbiamo rinnovato tutto e l'abbiamo affittato. Ci hanno abitato per quasi un anno mia sorella Costanza e Andrej all'inizio della loro storia. Ora è libero. Non ti voglio forzare la mano, ma saremmo felici se tu la facessi rivivere, perché le case disabitate dopo un po' muoiono, non sei d'accordo?»

Io rispondo con la domanda, meno poetica ma più pratica, che mi pesa sul cuore: «E quanto verrebbe al mese?».

Eleonora mi lancia uno sguardo fra lo stupito e l'offeso.

«Ma non so... di questo dovremmo parlare con la mamma... certo saranno a tuo carico le utenze... per il resto proprio non so.» E continua a guardarmi aggrottando la fronte, come se questa domanda proprio non se la fosse aspettata e la ritenesse perfino fuori luogo. «Ma a te piace... no?»

«A me piace moltissimo» mi sciolgo. Questa casa, semplice ma curata nelle scelte di spazi e dettagli, mi racconta molte cose: l'attenzione affettuosa per una suocera al di là degli stereotipi, l'amore di una coppia che qui ha avuto il suo primo nido, il desiderio di far vivere e di vivere in un luogo bello e confortevole.

«... Ma bisognerà vedere il costo» torno rapidamente sulla terra.

«Vedrai che non sarà un problema!»

Certo, come no? Per una casa così, indipendente e completamente arredata (e bene), potrebbero chiedere tranquillamente cinquecento euro senza sembrare dei mostri di avidità, anzi. Oltretutto in una zona centrale, dove ci sarà senz'altro una grande richiesta, data anche la vicinanza all'ospedale.

E invece… invece quando raggiungiamo la signora Tilde Moretti, che sta preparando quella che ha tutta l'aria di essere una succulentissima *bouillabaisse*, lei sorridendo mi chiede quale cifra avrei in mente io. Io?

«Be'…» prendo tempo mentre cerco di fare dei rapidi calcoli che risultano in ogni caso dolorosi. «Direi… quattrocento euro?» È metà del mio fisso, ma mi rendo conto dell'inadeguatezza della cifra.

«Facciamo duecento e ti prendi carico dei consumi?»

E io, che al «facciamo» già avevo cominciato a scuotere la testa sconsolata, mi trovo a guardarla sconcertata.

«Scusi?»

«Direi che duecento che diventeranno trecento con le spese è la cifra giusta e se sarai in difficoltà me lo dirai, va bene?»

«Sì.»

Ogni altra parola sarebbe superflua.

«Sei contenta?» mi chiede Eleonora.

Sì, mi sono tolta un gran peso, non mi sembra vero. Perché affittare a così poco? Be', qualsiasi siano i problemi nascosti che affliggono la "stanzetta" immagino che lo scoprirò solo vivendo.

Ora rimane la questione guardaroba.

Racconto a Sassi delle richieste di Volpe circa il dress code.

«Magari chiedo a Eu se ha qualcosa da prestarmi» sospiro, anche se non mi vedo a caracollare sulle sue Manolo.

«Non sarà necessario, per quello c'è Mariuccia!» E io non mi stupisco che abbia una soluzione anche per questo.

Mariuccia risulta essere, in contrasto con il nome da polverosa merceria di provincia, una boutique estremamente elegante, come estremamente elegante è Terry, la proprietaria. Una signora alta e sottile fasciata in un abito giallo girasole che si rivela molto contenta di vedere Sassi.

«Ah *chérie*, la mia cliente preferita, che piacere vederti!»

«Lo dici a tutte!» ribatte Sassi.

La Terry fa un gesto noncurante con la mano spargendo un po' di cenere della sigaretta che tiene fra le dita.

«Sì, è vero.»

Sassi ride e poi le spiega perché siamo lì: «Ho portato un'amica bisognosa delle tue attenzioni, è appena stata assunta dal geometra Volpe e secondo lui necessita di un "guardaroba adeguato"».

Lei mi scruta con occhio decisamente critico: «Non che sia facile trasformare un carpentiere in Inès de la Fressange in una sola mossa, *chérie*, ma faremo del nostro meglio... Peraltro il nostro Anacleto non può di certo ergersi a esperto di *haute couture*!».

E comincia a frugare tra le grucce che rivestono le pareti con la mano libera dalla sigaretta.

«Dei pantaloni, direi... ecco, questi a sigaretta sono perfetti per una *jeune femme* che lavora, ed ecco qui delle camicie bianche e anche a righe azzurre un po' *garçonne* ma te lo puoi permettere... però anche questa in seta *imprimée* che non si vive di solo mercato immobiliare... Cinture, una borsa, orecchini e questa giacchina in shantung verde con i revers a perline che è un *bijou*, poi sandali infradito *à la* Jackie O', e guarda queste ballerine con fibbia se non ricordano Audrey!»

Mi siedo sul divano un po' sopraffatta dalla montagna di abiti che si va accumulando sul tavolo al centro del negozio. È chiaro che non potrò permettermi tutta quella roba.

«E non può mancare un capo spalla anche se stiamo andando verso l'estate... questo giubbottino di daino chiaro *c'est parfait*!»

«Adesso non ti resta che provarli!» esulta Sassi.

Credo che la mia espressione dica molto perché Terry aggiunge con *nonchalance*: «Mi pagherai quando potrai... un po' per volta... *ça va sans dire*».

Decisamente un film Disney.

4

Quattro palazzine (due in edilizia convenzionata e due in edilizia libera) di quattro piani fuori terra, oltre al piano interrato.

È seduto a un tavolino in ombra da dove si gode la vista del fiume e degli alberi.

Una parete di plumbago celeste a fargli da sfondo.

Un uomo elegante in completo grigio chiaro, cravatta sottile di una sfumatura più scura su una camicia bianca. Dalla manica della giacca spunta il polsino della camicia e dal polsino un orologio importante, ai piedi scarpe inglesi lucide. Unica deroga alla sobrietà più convinta la fantasia paisley grigia e azzurra nella porzione di calza che si intravede. Un mix di colori freddi in netto contrasto con il caldo pomeriggio di fine giugno.

Sta leggendo il giornale tenendolo aperto davanti a sé, le gambe accavallate.

Il profilo è affilato.

Quando arrivo davanti a lui lo sguardo che mi concede da dietro gli occhiali è cortese ma gelido, e cortese e gelida è anche la sua voce quando dice: «L'architetto Maffei, immagino», mentre chiude il giornale con la cura e la precisione di un origamista.

È il mio primo giorno di lavoro all'agenzia Non solo case (mi abituerò mai a questo nome?) e subito si inizia con un appuntamento con l'ingegner Sanna. Spero che non sorgano problemi di sorta (tipo un suo rendersi conto della mia totale incompetenza in fatto di perizie), perché quella che ho alle spalle non è di certo stata una settimana facile e ho i nervi ancora un po' scossi.

Alla fine ho chiesto di poter iniziare il lavoro con qualche giorno di ritardo per organizzare il trasloco (ai minimi termini) e risolvere altre questioni burocratiche, come cancellarmi dall'albo degli architetti della provincia di Milano. Azione, quest'ultima, che si è rivelata tanto insensatamente semplice e veloce quanto estremamente dolorosa. È bastato infatti scaricare il modulo, compilarlo, procurarmi i documenti richiesti, fare qualche fotocopia, acquistare la marca da bollo e imbucare. Ok, forse non proprio velocissima. Ma troppo banale e frettolosa per me, che conservo ancora il ricordo del giorno in cui mi ero iscritta e della soddisfazione provata e che ora mi vedevo chiudere in faccia quella porta che avevo con tanto orgoglio varcato. Avrei desiderato una procedura più lunga e complessa che tenesse il passo con il mio dolore. È forse per questo che, dovendo scegliere fra riconsegnare timbro e tessera di riconoscimento o l'impegnarmi a distruggerli (le due possibilità offerte dall'Ordine degli Architetti), ho un po' vigliaccamente optato per la seconda, sapendo bene che mai li distruggerò. Inoltre, come gesto propiziatorio, mi sono stampata la "Domanda di reiscrizione dopo la cancellazione" e, scovato un plexi, l'ho incorniciata decisa ad appenderla nella nuova casa in un posto dove possa ricordarmi ogni giorno cosa devo tornare velocemente a essere.

Quindi è arrivato il momento di preparare le mie cose da portare a Verate, non avevo molto in realtà, l'appartamento di Milano era ammobiliato e si trattava perciò solo di effetti personali.

È venuta Eugenia ad aiutarmi a preparare gli scatoloni.

«Hai visto? Mi sono messa in perfetta tenuta da "facchino"» ha esclamato entrando. E io ho sorriso e annuito. Ma vi sfido a trovare un facchino griffato Armani. In ogni caso ho apprezzato l'impegno.

Poi, mentre io svuotavo cassetti e librerie, lei si è messa ad aprire libri e a guardare vecchie fotografie.

«Guarda, la tua tesi! Bianca Maffei e Irene Principe, *La nuova stazione di Bergamo, una prospettiva architettonica tra città consolidata e città estesa*... chissà poi cosa avrete voluto dire... e guarda queste foto! Ti ricordi? È l'estate in cui tu e Irene siete andate a fare il giro d'Europa con Interrail mentre io andavo a Formentera. Guardatevi qui che espressione sfatta!» La mia simpatica gemella ha continuato a frugare ed ecco che sono affiorate le foto e i ricordi: delle vacanze fatte insieme a Irene, quel viaggio in Grecia alla fine del primo anno di università e dell'estate successiva trascorsa con lo zaino in spalla e i biglietti Interrail in tasca; gli appunti condivisi, scritti con quella sua grafia appuntita e nervosa eppure chiara, infilati nei libri; i biglietti per *The Lion King* a Londra, la mia ossessione da bambina, regalati per il mio venticinquesimo compleanno in cambio della promessa che avrei smesso di ripetere «hakuna matata» ogni volta che volevo tranquillizzarla; e il sogno di diventare le nuove Gae Aulenti o Zaha Hadid, di aprire un giorno uno studio tutto nostro.

«Questi sono bei ricordi, no? Mettiamoli in una scatola tutti insieme così li ritrovi subito.»

E in quel momento, circondata da quello che io e Irene eravamo state l'una per l'altra, è parso chiaro che era assurdo buttare via tutti quegli anni di amicizia senza averle prima parlato, e che non mi potevo limitare a sbattermi anche quella porta alle spalle.

La mattina dopo, sentendomi un po' una stalker in verità, mi sono fatta trovare alla California Bakery di corso Como dove lei fa abitualmente colazione. Entrando si è bloccata per qualche secondo, credo temendo una scenata da parte mia, in realtà volevo solo parlare, capire.

Quindi si è seduta al mio tavolino ed è stata lei a iniziare: «Ascolta… mi dispiace… posso immaginare la tua delusione» mi ha detto tormentando la tracolla della sua nuova, rivelatrice borsa di Prada.

Vorrei essere pacata e disponibile al dialogo, ma mi accorgo che non ci riesco e quindi parto acida: «Per cosa? Perché hai avuto tu il lavoro o perché mi hai nascosto la tua storia di sesso e potere con Mattavelli?», per poi diventarlo ancora di più, acida: «Oltretutto, come se le due cose non avessero alcuna relazione…».

Lei china la testa. È chiaro che ho colto nel segno.

«Senti, hai ragione… be', a parte la storia del sesso e del potere… avrei dovuto dirtelo, ma con Piergiorgio le cose sono state come in un limbo per settimane… Tu non c'eri mai in ufficio, in caso contrario te ne saresti accorta anche tu. Se ne sono accorti tutti. Certi sguardi, certe battute… me lo trovavo sempre vicino alla scrivania… e poi… be', poi è successo…» Mentre parla fissa il suo cappuccino.

«Sai, vero, che è sposato? Con la figlia del suo socio, perdipiù?» Domanda retorica.

Lei ha un moto di fastidio ma io insisto: «Ti piace lui o quello che rappresenta? Ti piacerebbe ancora se fosse povero in canna?».

«Che domanda banale! Evitiamo per favore le ipocrisie, lo amo per quello che è, per la genialità, il suo carisma, l'ammirazione che suscita e tutto quello che posso imparare da lui… e sì, anche per quello che mi può dare il fatto di stargli vicino. Non mi aspetto che lasci sua moglie per me e francamente preferisco non lo faccia, ma che mi faccia crescere all'interno dello studio, questo sì.»

Dietro queste parole da innamorata di un genio, manco Mattavelli fosse Renzo Piano, si nasconde, nemmeno tanto bene, un ammirevole pragmatismo all'insegna del *do ut des*, insomma. Non l'avrei mai detta un'approfittatrice. Le persone non si conoscono mai a fondo. O forse cambiano adattandosi alle circostanze. O almeno qualcuno lo fa.

«Chissà cos'hai pensato quando ci ha chiamate entrambe...» dico cercando di astenermi dall'esternare giudizi. Ma non lo sto forse facendo con il tono e le mie domande?

«Ma quello era teatro, mi ha spiegato che ha dovuto farlo per mantenere le apparenze, e che non ha mai pensato di non rinnovare il mio di contratto.»

Già. Che stupida che sono. Non trovo le parole e mi limito a fissarla sperando che il senso di ingiustizia e di fastidio che mi ribolle dentro traspaia dal mio sguardo, e deve proprio essere così perché mi guarda e poi sbotta: «Insomma, Bianca, tu cadi in piedi. Tuo padre è un industriale e mi hai sempre detto che ha un posto pronto per te nella sua azienda!».

«Quello che ho sempre detto è che desideravo con tutte le mie forze diventare un architetto e che io a vendere raccordi agli idraulici dell'Illinois non ci volevo finire. E poi un industriale! Che parolone!»

«Va bene,» sbuffa «ma un posto al caldo ce l'hai! Io invece non ho le spalle coperte e devo assolutamente badare a me stessa.»

«A ogni costo? Anche umiliandoti?»

«Esagerata! Cerco di ottenere quello che posso usando le armi che ho.»

Eccola qui: quella sconosciuta della mia migliore amica Irene.

Poi però la sorpresa: «Bianca, siamo amiche da tanto... vorrei che tu mi dicessi che lo siamo ancora. Sai il sogno di uno studio tutto nostro... be', è solo rimandato, no?». Quasi mi supplica, girando e rigirando il cucchiaino nella tazza.

E allora io mi ricordo che sono venuta qui per parlare, per capire e non per giudicare. Forse è solamente troppo presto per me.

«Sì, solo rimandato.»

E me ne vado non contenta di me, non contenta di noi.

Oltretutto, non dico a peggiorare il mio umore ma di certo non a migliorarlo, sono passata anche attraverso una telefonata ai miei genitori che ho dovuto aggiornare circa le novità. Raccogliendo una serie di «mah!» e «contenta te» perplessi da parte di mio padre che davano la misura del suo scontento e che sono poi confluiti in un «Bianca, tu sai che qui...» che ho troncato sul nascere.

Mia mamma invece l'ha definita «una nuova, eccitante avventura» e ha liquidato l'intera faccenda con un per me non consolatorio ma definitivo «guarda, mi fido totalmente di te» per poi srotolare il suo tappetino virtuale da yoga passando a raccontarmi del suo nuovo guru e delle nuove *asana* che ha insegnato alla classe: «Dovresti vedere la mia locusta». Anche no, grazie.

Come dicevo, una settimana non facile.

E adesso, ancora un po' scossa dagli ultimi eventi, sono qui davanti all'ingegner Sanna, per cui ho scoperto che tutti in agenzia nutrono un sacro terrore. Che poi i tutti sono il geometra (è così che vuole farsi chiamare) e Cristina, che consegnandomi la pratica mi ha avvisato: «Guarda che non è un soggetto facile, è capace di... be', lo vedrai». E ha scosso la testa.

«Vorrà dire che mi munirò di ansiolitici» ho cercato di scherzare già un po' in tensione.

«Meglio dei gastroprotettori» mi ha risposto lei seria. E questo non mi ha proprio rassicurato.

Quindi ora sono in ansia e con lo stomaco sottosopra.

Andrea Sanna mi allunga la mano per una stretta tanto breve quanto energica e poi: «Si accomodi, architetto». La voce è singolarmente senza sfumature.

Ha avuto gioco facile nel riconoscermi. Cristina questa mattina mi ha "brandizzata": badge, cartellina, biro e un cappellino (che non ho indossato, c'è un limite alle umiliazioni che posso subire), tutti rossi e con la scritta "Non solo case" in bianco che mi identifica piuttosto chiaramente.

Non faccio in tempo a sedermi che lui prosegue, dandomi una vera e propria rasoiata: «Anche se credo che lei non possa più fregiarsi del titolo di architetto, giusto?». Ma guarda che simpatico!

Eh già, perché c'è anche questa: pare che se non sei iscritto all'albo sei solo un dottore in Architettura, anche se hai superato l'esame di Stato.

«... Dato che avrà dovuto cancellarsi dall'albo per poter diventare un'agente immobiliare» conclude.

È possibile che tutti lo sapessero tranne me?

«In realtà siamo in una zona un po' grigia...» Tento una difesa del mio titolo, ma lui non mi ascolta e prosegue chiedendomi con una punta di condiscendenza: «E quindi, come vuole essere chiamata?», come se lasciarmi questa scelta fosse una sua gentile concessione.

«Bianca, Bianca andrà benissimo» rispondo, offrendogli un sorriso di scarsa qualità che ho faticosamente cercato fra le mie espressioni facciali.

Lui mi osserva per un attimo, o meglio, mi affetta con lo sguardo e poi: «La chiamerò Maffei». Il tono non ammette discussioni. La decisione è dunque presa.

Maffei come a scuola, fantastico. Sì, fantastico. Proprio.

«Ha avuto modo di esaminare la pratica?»

«Sì, profess... sì, ingegnere» mi correggo subito. Non è il caso di essere impertinenti.

Silenzio. Pausa. Lo sguardo che mi lancia è di attesa. Sta aspettando che illustri i contenuti. Sì, sono proprio tornata a scuola.

E come allora tiro il fiato e inizio: «La cessione delle case ex ICTP riguarda quattro stabili per un totale di trentadue unità abitative, di cui venti occupate da affittuari. Una delle palazzine risulta essere inagibile...».

E proseguo illustrando ciò che risulta dalle carte fornite dall'ente regionale che ha messo sul mercato gli stabili, quindi passo a parlare delle intenzioni di chi gli paga gli abiti di sartoria e i Vacheron Constantin.

Estraggo dalla cartellina le planimetrie dell'area e le stendo sul tavolino davanti a noi.

«Ecco, questa è l'area interessata: circa tremila metri quadri di cui duemila costruiti e mille adibiti a giardino. La Patrol Real Estate ha vinto la gara di acquisto con un progetto che prevede il recupero e la ristrutturazione degli immobili nonché la riqualificazione dell'area. Quindi la sua società, ingegnere, si impegna ad adibire due palazzine ad affitti calmierati e altre due a proprietà privata. Al momento è stato firmato un compromesso e prima di perfezionare la vendita richiedete una perizia congiunta con l'ente regionale attualmente proprietario e perciò con la nostra agenzia, a cui è stato dato mandato.» Sono preparatissima, ho speso l'intera mattinata e parte del pomeriggio su queste carte.

Durante tutta la mia relazione lui si è limitato a tenere le braccia appoggiate sul tavolo e gli occhi piantati addosso a me. La cosa dopo un po' mi infastidisce.

«Come sono andata? Lo porto a casa un ventotto?» cerco di alleggerire l'atmosfera. O forse di irritarlo.

«Prego?» L'ho spiazzato. Bene.

«Scusi, ma mi è sembrato un esame.»

Pausa. Occhiata severa. Poi: «Maffei, mi auguro lei non sia il genere di persona che tende a confondere gli ambiti. Lo troverei quanto meno irritante».

Io? Io tendere a confondere gli ambiti? Lui lo troverebbe «quanto meno irritante»? Sento una fitta allo stomaco. Cristina aveva proprio ragione, mi sarei dovuta munire di Maalox.

5

In piccola palazzina di corte, prestigioso laboratorio show room su 2 livelli per complessivi 55 mq. Libero subito.

Una settimana dall'inizio della mia «nuova, eccitante avventura» a Verate e qualcosa ho cominciato a capire di questo microcosmo brianzolo in cui mi trovo a vivere e lavorare.

Ora, per esempio, mi è chiara la composizione della famiglia Moretti. Con la signora Tilde, vero *deus ex machina* della trattoria, e le sue due figlie: Costanza, giornalista economica sposata ad Andrej, medico nel vicino ospedale, ed Eleonora, che ha il marito geologo lontano (mi pare di aver capito in Siberia), che affianca sua madre nella gestione della trattoria e che ha due figli, Nuccia, di undici anni, e Gabriele, di sette.

Ecco, su Nuccia è doveroso soffermarsi. È bionda con occhi verdi, una vera miniatura di sua madre ma con il senso critico di un anziano censore.

Il primo giorno a casa Moretti io e i miei scatoloni ci siamo trovati questa Eleonora tascabile seduta sui gradini che portano al mio nuovo appartamento. Era circondata dalle tre oche (ma quanto sono alte?). Un vero e proprio sbarramento.

Ha alzato i suoi chiari occhi innocenti su di me e poi: «Ciao, il mio nome è Nuccia, ho saputo che il tuo è Bianca, come mai?».

Ecco, devo ammettere che la domanda mi ha spiazzato.

«Come "come mai?"»

Ha sospirato come se dovesse spiegare l'ovvio.

«Come mai un nome di un colore e non quello di una santa. Non hai notato che nella scelta dei nomi per i neonati ora sembra non si consulti più il calendario come in passato ma si apra invece una scatola di Caran d'Ache?»

«In che senso?» Dovevo essermi persa qualche passaggio logico perché la domanda mi era oscura.

«Ma sì, dài... colori invece che nomi veri. Tipo: Verde, Viola, Azzurra, e perfino Blu! E anche Celeste, che oltretutto mia nonna dice che qui era un nome maschile una volta. Bianca. Come te lo spieghi?»

Io? Io dovevo spiegare le nuove tendenze nella scelta dei nomi degli eredi? Io potevo solo difendere le scelte dei miei genitori.

«Be', per quanto riguarda il mio nome mi risulta che ci siano un paio di sante e svariate beate che lo portano, io per esempio festeggio il 2 dicembre santa Bianca di Castilla... ed è un nome presente fin dall'antichità in molti Paesi, Blanca, Blanche...»

«Ah davvero?» Questo è sembrato pacificarla.

Ma poi ho commesso un errore di superficialità nella valutazione della mia interlocutrice.

«E comunque, a parte Bianca, ci sono sempre stati dei nomi legati ai colori, pensa a Rosa, un nome diffusissimo in passato.»

A questa mia osservazione lei mi ha lanciato uno sguardo carico di bruciante riprovazione.

«Ma Rosa rientra nei nomi propri derivanti dai nomi di fiori come Ortensia, Gigliola, Margherita, non dai colori!»

E a quel punto mi è stato chiaro che non l'avrei avuta vinta in quella discussione e ho gettato la spugna rinunciando a farle notare che anche Viola poteva collocarsi in quest'ultima categoria poiché temevo cosa avrei potuto scatenare. Probabilmente una discussione sulla primogenitura dell'uovo sulla gallina.

Ho inoltre scoperto che la trattoria non avrà mai bisogno di un antifurto, dato che le tre oche starnazzano vivacemente tutte le volte che attraverso l'orto per entrare o uscire di casa. Conto di potermici abituare.

Durante questa settimana ho anche imparato che a Verate il giorno di mercato è il martedì. Mi sono infatti svegliata con un brusio indaffarato proveniente dall'esterno e, affacciandomi alla finestra della cucina, mi sono accorta che la piazza era scomparsa sotto un mare di tendoni, che però non riuscivano a nascondere del tutto i banchi di frutta, verdura, pane e dolci, formaggi, polli allo spiedo, in un miscuglio di colori e profumi. E la cosa, in maniera del tutto inaspettata, mi ha messo addosso una certa allegria vacanziera.

Ho capito che con la vicinanza dell'acqua e degli alberi l'estate è meno pesante, che le notti sono fresche e si dorme molto piacevolmente nella camera da letto affacciata sul fiume. E se Milano mi manca terribilmente devo però ammettere che faccio volentieri a meno del suo caldo soffocante. E poi ho sempre sognato una casa vicino all'acqua.

Che la Trattoria Moretti è veramente il cuore del paese. Da qui passano tutti. Dai dipendenti dell'ospedale e del comune, ai pazienti e utenti, dalle mamme, nonne e tate che portano i bambini a giocare nel parco di fronte, ai pendolari che attendono di prendere l'autobus per Milano, agli studenti e insegnanti del vicino liceo. Tutti. Attratti dall'ambiente caldo e accogliente, dalla gentilezza delle ragazze Moretti e dalla qualità della cucina. Chi può resistere alla colazione sotto gli ombrelloni bianchi in mezzo ai fiori e al servizio gentilmente svagato e inconsapevolmente prepotente di Eleonora («Lo so che avevi chiesto un fagottino al cioccolato, ma prova questo pane integrale con uvette e miele e poi mi dirai»)?

Ho capito che a Verate andare dalla parrucchiera per un semplice, banale, taglio di capelli non è poi così semplice e banale come si potrebbe pensare.

E infatti il mio incontro con il salone Da Mary è stato alquanto destabilizzante.

Ancora sulla soglia, sono stata salutata da un cordiale e altisonante «Architetta! Venga che le diamo una sistemata che ne ha proprio di bisogno!», che non mi ha messo proprio a mio agio.

Poi la Mary, dando per scontato di essere diventata la mia curatrice di look personale e cercando di superare il rumore dei phon, ha cominciato a urlare: «Okkei… facciamo il colore, vero? Adesso va di moda il castano con le sfumature più chiare. Lo chiamano "occhi di tigre", potremmo fare un bel taglio scalato un po' moderno, oppure un balayage magari provando qualche tocco di colore un po' particolare, che so un azzurro cielo… no, direi un rosa antico… una ciocca eh, non di più che se no diventa volgare…». E mi ha sommerso con questo fiume di parole incomprensibili quanto basta mentre mi osservava critica nello specchio.

«Suona allettante ma per il momento direi di no» ho osato timidamente, pensando che il mio punto di vista potesse essere preso in considerazione. Com'è ovvio, non è andata così.

«Perché?» La domanda conteneva un bel po' di stupefatta indignazione.

«Be'» ho ridacchiato «sarebbe un po' eccessivo, no?»

Dandole chiaramente un dolore: «Io a voi ragazze giovani proprio non vi capisco. Non volete osare! Sempre vestite di grigio o di blu, mai un guizzo, non dico una pailette, ma mai un volant… un fiocco… una ruche… anche lamiasendi è così… sempre vestita da uomo lei, che tutto si potrebbe permettere perché l'ho proprio sistemata bene ma macché… reprimete la vostra femminilità in questo modo!».

L'ultima frase l'ha pronunciata con il sussiego di chi ripete un concetto molto caro.

Chissà cosa avrebbe detto se mi avesse vista in assetto da cantiere.

Ho imparato anche che il sindaco qui è donna: Alessandra Mantovani, moglie anche lei di un medico, Stefano. Figlia della "mia" parrucchiera Mary ("lamiasendi") e amica di Sassi e delle sorelle Moretti con cui spesso si trova in trattoria per la colazione.

Ma soprattutto ho imparato che il geometra Volpe possiede una certa abilità narrativa nello scrivere i suoi annunci immobiliari e anche una spiccata capacità di mistificazione della realtà.

Gli appartamenti del centro di Verate? Tutti di rappresentanza, in magnifiche residenze d'epoca, finemente ristrutturati con finiture d'altissimo pregio.

Quelli fuori dal centro storico e quindi in campagna? In contesti signorili, con affacci sul verde, massima tranquillità.

I sottotetti fino a ieri adibiti a soffitta? Eleganti attici con viste imperdibili sulla città.

I terrazzini minuscoli diventano «deliziosi».

Le case vetuste «di *charme*».

Le stanze talmente piccole da sembrare sgabuzzini si trasformano in «studi».

Per esempio, l'annuncio che sto leggendo ora, a cosa si riferirà? Difficile a dirsi:

Meravigliosa interpretazione di spazi e volumi in stabile originalissimo e funzionale inserito in contesto storico.

Alzo la testa dal file delle offerte e lo chiedo a Cristina.

Lei, senza neanche distogliere lo sguardo dal monitor, mi risponde tranquilla: «Ah quello! È il serbatoio dell'acquedotto. Non si usa più, in realtà non è mai stato necessario, noi siamo in collina… Il geometra aveva promesso all'ex sindaco di provare a venderlo a un amatore che lo trasformasse in abitazione. Sai, il sindaco precedente in cambio gli aveva garantito l'assessorato ai lavori pubblici, certo se avesse vinto le elezioni che invece ha vinto Alessandra».

Il serbatoio?!

«Esistono amatori di serbatoi idrici?»

«Pare di sì, per il momento soprattutto all'estero, anche se c'è un progetto di recupero anche in Emilia Romagna chiamato "Torri dell'acqua". C'è molto interesse. Ho fatto un giro su internet e trovato alcuni di questi recuperi. Ovvio, ci sarà da metterci mano.»

Io mi avvicino alla vetrina e cerco con gli occhi la grande cisterna circolare in mattoni rossi. Sì, ci sarà da metterci moltissima mano.

«E quanto è alta?»

«Trentatré metri.»

«Quanti gradini ci sono per raggiungerla?» domando timorosa.

«Duecentoventiquattro, di sicuro bisognerà pensare di installare un ascensore», di sicuro prima che io debba mostrarla a un eventuale pazzo che la voglia acquistare.

Durante questa settimana ho inoltre accompagnato il geometra Volpe a visitare alcune case con possibili clienti («Vieni che ti faccio vedere come si fa»), che hanno potuto sperimentare la sua grande capacità di persuasione adattabile alle varie situazioni («La casa in centro storico? Per carità! Rumorosa e scomoda», in visita alla villetta isolata. «La campagna? Lasciamola alle mucche!», quando invece la vendita interessa una casa in centro); di elargire consigli a giovani coppie circa l'accesso ai finanziamenti («Meglio se a darvi i soldi sono i vostri genitori piuttosto che quei ladri che stanno in banca»); e di atteggiarsi a confidente per carpire informazioni («E la nonna è ancora in vita? Ah, ne sono contento! E come sta?»).

Poi mi sono anche iscritta al "Corso di agente d'affari in mediazione e mediatore immobiliare" che alla fine mi permetterà di dare l'esame e diventare un agente immobiliare. Sempre che qualcuno non venga a salvarmi prima come io, lo ammetto, spero ancora.

Avrei dovuto anche iniziare a lavorare con l'ingegner Sanna, ma lui mi ha dato buca per ben due volte.

Pare che avesse impegni inderogabili.

La seconda volta che il geometra mi ha avvertito che l'appuntamento era saltato stavo facendo colazione al bar della trattoria, al bancone vicine a me Sassi e Alessandra, a cui non avevo potuto fare a meno di esprimere il mio disappunto.

«Non capisco quale impegno improvviso lo porti anche questa volta a cancellare l'appuntamento...» ho guardato con ostentazione l'ora sul cellulare «dieci minuti prima dell'ora fissata.»

«Ma sai, basta che arrivi da Milano che subito le cose si fanno complicate e al primo intoppo...» ha ipotizzato Sassi.

Ma Alessandra è intervenuta a sorpresa: «In realtà l'ingegner Sanna abita a Verate, è un mio vicino di casa...».

Mi sono voltata stupita verso di lei: «Lo conosci? Conosci l'ingegner Sanna? Ho letto che...». Ecco che stavo per ammettere di averlo googlato appena rimesso piede in ufficio dopo il primo incontro, ma la nostra conoscenza non era ancora entrata in una zona così confortevole. Sul suo profilo LinkedIn, un profilo da vero squalo dell'ambiente immobiliare, c'è scritto che ha una laurea in ingegneria al Politecnico di Milano e un master in Business Administration conseguito alla Bocconi e che, dopo varie esperienze all'estero, è ora socio della Patrol Real Estate, società con proprietà in tutto il mondo e sede nella city di Londra; pensavo vivesse là, e invece...

«Sì, abita nell'appartamento sopra il nostro. Da circa un anno direi. Io peraltro l'ho conosciuto perché è venuto in comune a una riunione per il piano di riqualificazione dell'area ex ICTP… ha un che di misterioso, non trovi?»

«Direi più un che di respingente» ho puntualizzato ricordando il nostro primo incontro e la volta in cui l'avevo incrociato mentre usciva dalla trattoria e mi aveva indirizzato un cenno distratto con la testa in risposta al mio cortese «Buongiorno ingegnere», dandomi l'idea che non mi avesse neanche riconosciuto.

«Dico misterioso perché ha degli orari strani… Credo non ci sia praticamente mai, dato che non arriva nessun rumore dal suo appartamento. A volte Stefano lo incrocia sulle scale la mattina molto presto mentre va al lavoro; Sanna invece rientra e pare che abbia l'aspetto di chi è stato in piedi tutta la notte.»

«Ah, un *viveur*! Che tipo interessante il tuo ingegnere!» Sassi era molto divertita.

«Non è il "mio ingegnere", oltretutto io lo trovo scostante e antipatico» ho protestato.

«Ma come sei *tranchant*! L'hai incontrato una sola volta e solo per pochi minuti.»

«Guarda, Sassi, che cominci a parlare come la Terry, e questa non è una buona cosa» l'ha presa in giro Alessandra.

Ma adesso è arrivato il momento del mio primo appuntamento con dei clienti. Non che debba fare molto di più che mostrare loro la casa già scelta dal geometra, ma è in ogni caso ragione di una certa ansia.

Anche perché è stato chiaro: «Devi chiudere la vendita oggi, non abbiamo altri appartamenti che rientrino nel loro budget».

I signori Luise sono una coppia napoletana di mezza età che ha deciso di acquistare un appartamento a Verate per la figlia Alice, una ragazza simpatica e vivace che, da poco laureata in Scienze infermieristiche, è stata assunta nel locale ospedale. Leggo la descrizione dell'appartamento che il geometra ha scelto per loro:

> *Semi-centro in piacevole contesto, distinto bilocale con gradevole affaccio sul verde. Vero affare.*

Ed è con la lecita curiosità di chi vuole scoprire cosa si possa intendere con «distinto bilocale» che mi reco con loro all'indirizzo indicato.

L'appartamento si trova al pianterreno di uno stabile anni Sessanta costruito al limitare di Verate, verso la strada che conduce al paese. È un parallelepipedo verdino con le persiane e le inferriate dei balconi dipinte in marrone.

L'unica cosa positiva è che rimane nascosto alla vista da un gruppo di alberi.

Le parti comuni sono tinteggiate nello stesso insulso verde chiaro. La ringhiera delle scale riprende il marrone dei balconi.

Spero che almeno l'appartamento sia messo carino. Ma le mie speranze ben presto si infrangono su un pavimento di triste graniglia senape e sul festival della perlinatura che ha spinto il precedente proprietario a inchiodare liste di legno scuro persino sul soffitto del soggiorno, rendendo la stanza ancora più buia e soffocante di quanto la posizione al pianterreno e la schermatura degli alberi avessero già fatto.

Alice, che lungo tutto il percorso per arrivare qui ha chiacchierato raccontando di come fosse felice di iniziare questa nuova, eccitante fase della sua vita e di come tutto le piacesse di Verate, si spegne a poco a poco davanti a tutto questo e a un'assurda divisione degli spazi che privilegia un ampio, inutile ingresso per sacrificare la cucina, ridotta a un triste angolo cottura, il bagno, in un cubicolo bisognoso di cure, e la camera da letto, in uno spazio che a malapena permetterà la collocazione di un letto e di un armadio.

Il tutto permeato da una tristezza infinita.

«Be'...» tento una difesa d'ufficio tanto corretta quanto insincera «Si potrebbe demolire questa parete e ridistribuire gli spazi... e poi togliendo la perlinatura... scegliendo una tintura chiara... magari un bianco guscio d'uovo... un intervento sul bagno, ecco... qui diventerebbe tutta un'altra cosa...»

«Sì, signorina,» mi interrompe il padre chiaramente deluso «ma questo appartamento era interessante perché la cifra richiesta corrispondeva al nostro budget, anzi, è già leggermente superiore... lei capisce che se dobbiamo poi fare dei lavori...»

Non mi sfugge il verbo al passato. No, questo appartamento non è più interessante.

«Possiamo sempre valutare con il proprietario quanto la cifra sia trattabile» mi lancio a dire.

Ma il signor Luise (che nel frattempo ho scoperto essere un maresciallo dei carabinieri) è fermo nella sua decisione: «Vorremmo qualcosa di più adatto ad Alice». Credo che con «adatto» lui intenda "che non porti alla depressione".

Usciamo tristi e demotivati. Io sto già cercando dentro di me le parole per giustificare la *débâcle* agli occhi del geometra.

«Non c'è altro che possa fare al caso nostro?» sospira la madre di Alice, e io mi sento immediatamente in colpa.

«Sentite, facciamo in questo modo, torno in agenzia, mi riguardo tutte le offerte e se trovo qualcosa vi richiamo subito. Cosa ne dite?» propongo, pur essendo consapevole di creare false aspettative.

Rimaniamo quindi d'accordo così: loro pranzeranno alla Trattoria Moretti, su mio preciso consiglio, io invece andrò a spulciare il nostro data base. E pazienza se salterò il pranzo.

La ricerca tra le offerte immobiliari risulta però, come immaginavo, vana, gli appartamenti al momento disponibili sono tutti troppo al di sopra del budget dei signori Luise.

Sono veramente scoraggiata quando, più per inerzia che per altro, comincio a scorrere gli annunci relativi a negozi e laboratori.

E lì... sorpresa, sorpresa!

In piccola palazzina di corte, Vecchia Verate, disponiamo di un prestigioso laboratorio show room su 2 livelli per complessivi 55 mq. Libero subito.

L'annuncio potrebbe proprio fare al caso nostro.

Con un po' d'ansia, ma anche molta speranza, passo a prendere la famigliola, un po' meno delusa grazie al menu Moretti che oggi prevedeva il vellutato vitello tonné della signora Tilde, e insieme attraversiamo la piazza per raggiungere il bel palazzo Liberty al cui interno, al limitare del giardino condominiale, sorge in un elegante fiorito di inizio Novecento quello che fino a poco tempo fa è stato il laboratorio del fiorista di Verate.

Due enormi ortensie blu incorniciano una breve scala di pietra; saliti i tre gradini ci troviamo in una stanza dal pavimento in cemento a cui basterà un trattamento a cera (suggerirei grigio con una leggera sfumatura lilla) per renderlo interessante, con vetrate a tutta altezza, che sarà bello ricoprire con impalpabili tende bianche doppiate da pesanti teli, magari verdi, un grande lavello in pietra che diventerà punto focale di una cucina a vista giocata sul colore, poi una scala con una ringhiera di ferro battuto di una bellezza semplice e antica che porta a un ammezzato che fungerà da camera da letto, dove troviamo un vecchio pavimento in legno a larghe doghe rustiche e segnate, molto affascinante, che, lamato, tornerà a splendere. Un bagno piccolo ma fornito di tutto e vezzosamente rosa a completare quello che mi sembra il luogo ideale per una ragazza giovane.

Intorno aleggia ancora un sottile ma persistente profumo lasciato dai fiori che a lungo hanno occupato i grandi vasi di metallo che, ora vuoti, ancora disseminano il piano terra.

Mano a mano che ascolto e racconto la casa, l'entusiasmo di Alice cresce e quello dei genitori nasce, soprattutto quando, fatti i conti, tra la cifra richiesta, la pratica di cambio d'uso da presentare al comune e i pochi lavori da eseguire, capiscono che spenderanno meno del budget previsto.

«È praticamente di fronte all'ospedale. Il cortile, come potete vedere, è curatissimo, lì nell'angolo c'è una rastrelliera per le biciclette che è il mezzo con cui i veratesi normalmente si muovono», questa me la sono inventata ma suona estremamente plausibile.

«Papà, lo voglio!» Alice è decisa.

Il padre finge di essere perplesso e poi: «Se a te piace io e tua madre non abbiamo nulla in contrario ad acquistartelo».

E io sono felice. O almeno molto soddisfatta di me, fino a quando, riattraversando l'atrio del palazzo, incontro l'ingegner Sanna che sta rientrando in quella che, mi sembra chiaro, è casa sua.

Se è stupito di incontrarmi qui, non lo dà a vedere, mentre, incurante del fatto che io non sia sola, mi apostrofa: «Ah Maffei, giusto lei. L'aspetto domattina alle otto al bar Moretti, si comincia con la perizia».

Notizia che mi mette addosso una terribile ansia, ma anche un assurdo senso di compiacimento nel constatare che si ricorda di me.

6

Luminosissimo attico mansardato al panoramico quinto piano in signorile contesto d'epoca.

La conclusione della vendita del laboratorio ai signori Luise invece di rendere felice il geometra Volpe ha acceso in lui qualche perplessità: «Non capisco come ai clienti possa non esser piaciuto l'appartamento che gli avevo proposto, mi sembrava proprio quello che cercavano, è così... così...».

«Distinto?» suggerisco.

«Sì, ecco, distinto.»

«Non so... sa, geometra, la gente è strana», tipo che le case le vuole non dico accoglienti ma per lo meno non respingenti.

«Vero?» È contento di aver trovato una sponda in me. Io per due secondi mi sento ignobile, poi mi passa.

«In ogni caso ora li abbiamo accontentati, quindi bene così, direi. Il prossimo appuntamento è fra quindici minuti, cosa devo sapere di questi nuovi acquirenti?» chiedo al mio capo.

«Ah, giusto! La dottoressa Frischi è la nuova responsabile dei laboratori alla Parodi Valsecchi e si è trasferita da poco da Firenze a Verate con la famiglia. L'appartamento è per la madre, a lei ci ha già pensato l'azienda» sospira, e si percepisce tutta la sua delusione per la transazione mancata. «La madre è rimasta vedova da poco, venderanno la casa di famiglia a Milano e questo significa che» si riprende subito «sarà una vendita interessante, perché non abbiamo limiti di budget.»

«Bene.» Sarà per me l'occasione per visitare con le clienti uno degli appartamenti in «prestigiosi contesti» vittime dell'aggettivazione del geometra.

All'appuntamento in agenzia si presenta solo la dottoressa Frischi.

Una bella donna sulla cinquantina, molto curata nel suo tubino di tasmanian grigio, ben truccata, con un caschetto biondo che pare appena uscito dalle mani di una parrucchiera e gioielli sobri ma notevoli. Io automaticamente controllo se ho tutto a posto e liscio nervosamente la mia chioma.

«Signorina, mi scusi, ma ho pochissimo tempo» esordisce mentre si siede. «Le ho inviato via e-mail un elenco delle caratteristiche che l'appartamento deve avere.» Io guardo sul monitor la non breve lista. «Come le avranno detto, la casa è per mia madre. Ho necessità di averla vicina, per questo le ho indicato la zona dove dovrà essere ubicata, sarà un appartamento nel centro storico quindi, con portierato, naturalmente, cucina abitabile, niente cucinotto o peggio angolo cottura, con minimo due camere da letto, poiché dobbiamo prevedere la futura presenza di un aiuto fisso, e due bagni, di cui almeno uno con vasca ed entrambi finestrati, cantina sì mentre il box non rappresenta un *must*, assolutamente al pianterreno senza barriere architettoniche per via dell'eventuale sedia a rotelle di cui mia madre potrebbe necessitare in futuro, possibilmente con del verde intorno. Qualcosa di solido, perché per me è anche un investimento, quindi niente bizzarrie. È tutto chiaro? Bene! La chiamo alle quattro per aggiornamenti, desidero valutare delle proposte da questa sera.»

Io ho avuto solo il tempo di annuire che lei se n'è già andata.

Più che un appuntamento direi un *briefing*.

Mentre cerco nel data base appartamenti che corrispondano alle richieste della cliente, Cristina si avvicina e, offrendomi una tazza di tè, mi domanda: «E com'è andata questa mattina con l'ingegnere?».

«Già, com'è andata?» le fa eco il geometra affacciandosi alla porta dell'ammezzato. In entrambi è evidente un po' d'ansia che io abbia compromesso il rapporto con il loro cliente più importante e quindi reprimo la tentazione di raccontare nei dettagli cos'è lavorare con Andrea Sanna e mi limito a un laconico: «Bene».

Il silenzio eloquente che accoglie questa mia falsità mi fa capire che non se la sono bevuta.

All'appuntamento con Sanna fissato per le otto di mattina sono arrivata in deciso anticipo (peraltro io alla Trattoria Moretti ci abito), sperando di poter fare colazione con calma, ma lui, l'ingegnere, naturalmente era già lì, solito tavolino, solito abbigliamento elegante grigio su grigio.

«Buongiorno Maffei. Posso offrirle un caffè?» è stato il suo saluto cortesemente formale.

In realtà io al mattino sono abituata a ben altro ma non sapevo come comunicarglielo senza sembrare maleducata o ingorda; per fortuna, e con mio grande sollievo, Eleonora, come da sua consuetudine, ci stava già servendo senza bisogno di ordinare: caffè nero e senza zucchero per lui, fetta di crostata alle visciole, yogurt con cereali e spremuta di agrumi per me.

Ma il mio sollievo per lo scampato pericolo di rimanere a digiuno è durato poco, perché Sanna, dopo aver lanciato un'occhiata incuriosita a ciò che mi era stato servito, ha osservato sollevando impercettibilmente l'angolo sinistro della bocca in quello che credo volesse essere un sorriso: «Vedo che lei è una ferma sostenitrice della colazione quale pasto più importante della giornata».

E rimane lì a guardarmi mentre io cerco di consumare la colazione senza rumoreggiare e senza cedere alla tentazione di leccarmi via dalle dita residui di marmellata di visciole. Alla fine di quella che si è rivelata una vera tortura, mi ha parlato: «Inizierei con i rilievi esterni, immagino lei sia in grado di eseguirli, giusto?».

«Certo», e per un attimo ho pensato di confessargli che fino a poco tempo prima ero convinta di invecchiare rilevando quote altimetriche.

«Macchina fotografica e teodolite ce li procurerà il geometra Volpe...» Meno male, già mi vedevo arrancare in giro trascinandomi una ventina di chili fra treppiede e apparecchiatura. «Anzi...» ha gettato uno sguardo all'orologio «credo ci stia già aspettando sul posto. Vogliamo raggiungerlo?»

Certo che volevamo, ma per farlo la strada più rapida era passare dal tratto della pedonale che corre vicino al fiume. A quell'ora di mattina di un giorno feriale non c'era il solito via vai di biciclette e persone che passeggiano. Eravamo solo io e Sanna che, dopo avermi educatamente aperto il cancelletto che dall'orto dei Moretti porta al lungo fiume e avere evitato che le oche ci seguissero starnazzando, non ha più aperto bocca. E anch'io sono stata zitta. Un po' a disagio (perché con lui sono sempre un po' a disagio, lo ammetto) e in silenzio. Poi, però, l'incanto della mattina di inizio estate con la luce già piena ma con l'aria ancora leggera, l'acqua pulita che scorreva vivace vicino a noi, il cinguettio degli uccelli che abitano i grandi alberi che si specchiano nel fiume e il profumo fresco dell'erba, mi ha costretta a esclamare quasi contro la mia volontà: «È bellissimo qui, non trova?», a cui è seguita una pausa imbarazzante e alla fine un laconico: «Se piace il genere».

Un vero romanticone.

Le quattro palazzine ci sono apparse dopo un'ansa del fiume. Situate dietro l'ospedale, sono state costruite negli anni Settanta, quattro parallelepipedi grigi con i tetti verdi e gli infissi rosso carico di vago sapore scandinavo, accentuato dalla presenza di alcune betulle nello spazio adibito a verde di circa mille metri quadri su cui si affacciano. Da lontano mantengono una certa piacevolezza. Ma a mano a mano che ci si avvicina si fanno evidenti i segni lasciati da anni di incuria e di mancate opere di manutenzione. Tanto da rendere una delle palazzine completamente inagibile.

Il giardino dove ci aspettava Volpe si presenta decisamente trascurato e con un angolo adibito alla raccolta rifiuti che lo fa assomigliare un po' troppo a una discarica abusiva, tanto è male organizzato.

Il geometra ha appoggiato il teodolite sulla poca erba bruciata di quella che dovrebbe essere un'aiuola, mi ha consegnato la macchina fotografica e il chiodo che mi servirà per segnare il punto a terra e si è allontanato in tutta fretta, aggiustandosi il riporto e bofonchiando qualcosa circa una caldaia di un condominio che non voleva saperne di partire. A fine giugno, con almeno trenta gradi all'ombra. Una vera urgenza.

«Sa metterla in stazione?» mi ha chiesto Sanna indicando l'apparecchiatura. La voce conteneva più curiosità che scetticismo.

Io non ho risposto, limitandomi a prendere misurazioni e foto degli esterni in scioltezza. Chiaramente si aspettava che gli chiedessi aiuto per posizionare il prisma, ma io me ne sono guardata bene e ho fatto da me, posizionandolo e poi tornando con *nonchalance* a battere il punto. Per fargli capire che l'efficienza abita qui. Senza mai guardarlo e facendo finta che lui non fosse lì. Giusto per non confondermi e imbrogliarmi sotto il suo sguardo, che mi ha sempre seguito. Come se fossi sotto esame. E probabilmente lo ero, e mentre rilevavo il punto, centravo la stazione e la mettevo in bolla mi sentivo osservata, studiata, giudicata.

Poi mi ha aiutato a smontare e piegare l'apparecchiatura e mi è piaciuto pensare di cogliere una sfumatura di considerazione quando mi ha detto: «Bene, fatto questo siamo pronti per i sopralluoghi degli interni. Direi di cominciare dagli appartamenti occupati. Avvisi, per favore, gli inquilini della palazzina C. Cominceremo domani, dica dalle otto».

Poi è arrivato Volpe, ha caricato noi e il teodolite in macchina e siamo tornati in centro a Verate. Il tutto è durato un paio d'ore. Che a me sono sembrate cento.

Prima di lasciarci, il solito, destabilizzante, commento: «Spero sia stata precisa con gli angoli di collimazione e che ora sia in grado di trasferire i dati sul computer...».

A cui ho risposto con un seccato: «Sì, lo sono stata; sì, lo sarò», guadagnandomi un'occhiata terrorizzata del geometra.

Allo scoccare delle tre ricevo la telefonata della dottoressa Frischi, che mi trova perfettamente preparata.

«Ho due appartamenti che corrispondono alle sue richieste, sono molto vicini alla nostra agenzia, mi dica a che ora le sarebbe comodo incontrarci.»

Fissiamo per le sei.

All'appuntamento insieme a lei si presenta anche la mamma.

«Ha insistito» spiega come se la signora non fosse presente. E tutta la mia empatia si sposta sulla donna più anziana, che tanto anziana poi non è. Oltretutto ha un aspetto molto simpatico, piccola e morbida, con una lunga tunica di lino arancio, molte collane a grandi bolle colorate, dei sandali Birkenstock ai piedi e una borsa di paglia fiorita a tracolla.

«Barbara» si presenta stringendomi la mano con energia e regalandomi un bel sorriso.

E ci si avvia verso il primo appartamento.

Residenza 90 mq, biesposta, ben disimpegnata e silenziosa con servizio di portierato. Due camere, due bagni, ampio soggiorno, cucina abitabile.

Arrivate davanti all'elegante palazzo tardo Ottocento, fatico a farmi aprire dalla portinaia, tanto severa da rasentare la maleducazione; finalmente si convince che né io né le signore che mi accompagnano coltiviamo l'intento criminale di attentare alla proprietà privata degli abitanti dello stabile e ci concede di entrare e visionare l'appartamento.

Un bell'ingresso e poi un corridoio a dividere a sinistra la sala da pranzo, la cucina e un bagno, e a destra le due camere da letto separate dall'altro bagno. La casa è tenuta bene, ma per il pavimento in marmo pregiato si è scelta una tonalità troppo scura e, data anche la collocazione a un pian terreno di un centro storico, l'appartamento risulta un po' cupo. L'affaccio sul giardino invece è gradevole e la doppia esposizione garantisce una buona aerazione.

«Questa casa non mi dispiace per nulla, sai mamma? Mi sembra adeguata alle tue necessità... anche a quelle future... inoltre ha un servizio di portierato molto attento e questo è decisamente rassicurante.»

Io e Barbara (come ormai dentro di me ho cominciato a chiamarla) ci rivolgiamo uno sguardo perplesso.

Mentre la figlia controlla la funzionalità degli scarichi, Barbara mi si avvicina e lascia cadere con timida titubanza: «Sa, signorina, a me piace dipingere».

Cosa che all'inizio prendo con l'indifferente gentilezza che si destina a informazioni non richieste e che paiono un po' fuori contesto, poi penso a questi locali al pianterreno con affaccio su una pittoresca ma di certo non luminosa stradina del centro e risento la sua voce, la voce di chi ha un sogno e vorrebbe essere aiutata a esaudirlo.

Così il secondo appartamento lo guardo con gli occhi di chi ama dipingere. E non supera l'esame. E mentre la figlia mostra a una madre sempre meno interessata l'intelligente distribuzione delle prese elettriche («Vedi, mamma, tutte ad altezza d'uomo, così non dovrai mai chinarti»), io consulto compulsivamente il mio iPad alla ricerca di case che corrispondano a tutt'altre caratteristiche.

Ed eccolo lì:

Luminosissimo attico mansardato al panoramico quinto piano in signorile contesto d'epoca. Suggestive ambientazioni interne. Libero subito.

Mi allontano a sufficienza per non essere sentita mentre chiamo l'agenzia per assicurarmi che il palazzo sia dotato di un servizio di portineria.

«Ma certo!» mi rassicura Cristina. «È il palazzo dove abitano ancora i miei genitori, la portinaia è proprio mia mamma.» Ma che bella sorpresa! Cristina è una delle persone più solari e gentili che io abbia conosciuto e così mi auguro sia sua mamma.

Faccio fatica a giustificare alla figlia questa mia proposta così lontana dalle sue richieste. Ma la madre (a cui già all'aggettivo «luminosissimo» si erano accesi gli occhi), s'impone ferma e gentile: «Vorrei vederlo questo appartamento, Amanda». E così, pur se controvoglia, la dottoressa Frischi ci accontenta.

Il detto "La mela non cade mai lontano dall'albero" ha nella signora Gianna, mamma della nostra Cristina, la sua confortante conferma. Non solo ci accoglie con gentile allegria, ma insiste per accompagnarci e aiutarmi ad aprire le persiane.

«Ah, vedrete che meraviglia!» ci dice entusiasta mentre saliamo nell'ampio ascensore che in un futuro, oserei dire ancora lontano, potrà comodamente ospitare un'eventuale sedia a rotelle.

L'attico è frutto di un recente ampliamento del sottotetto, non è quindi mai stato abitato e sa di nuovo.

«Ha visto che luce?» domanda la signora Gianna a Barbara, a

cui si è stampato un sorriso gioioso sulla faccia. «E venga, venga a vedere che vista, da qui si vede tutta Verate, guardi... i tetti, il parco e laggiù il fiume e le colline...» Ma a incantare la nostra artista è il grande lucernario che ricopre fino al colmo parte di un lato del tetto e che illumina il vasto spazio del soggiorno più cucina, rendendolo un perfetto studio per una pittrice.

«Be', mamma, adesso che l'abbiamo visto...» La figlia non è rimasta colpita dal fascino della casa.

«Amanda, a me questo appartamento piace moltissimo.» La signora Barbara è calma e decisa.

«Sì, capisco, ma proprio non è adatto, ricordati che non stai ringiovanendo e che dobbiamo pensare al futuro... io devo saperti al sicuro.» Si capisce che Amanda non è abituata a vedersi contraddire, neanche da sua madre.

«Qui mi sembra sicurissimo, e poi c'è la luce giusta e io potrei tornare a dipingere!» è l'accorata risposta di Barbara alle proteste della figlia, che sospira un po' esasperata e poi: «Sì, certo mamma, i tuoi acquerelli... ma chissà che caldo farà d'estate e che freddo d'inverno con questa enorme vetrata...».

«Ah, no! È uno speciale vetro temperato, questo appartamento è un classe A. Benissimo coibentato e con l'aria condizionata.» Decisamente la mamma di Cristina dovrebbe fare questo di lavoro. Il mio.

«Poi ha le due camere e i due bagni richiesti... e forse sulla cucina non separata potreste soprassedere...» mi intrometto riprendendo un po' il mio ruolo. «E avete visto che rifiniture... i bagni in mosaico sono bellissimi e in uno è stata prevista la vasca.»

Alla fine la dottoressa Frischi, pur scuotendo la testa davanti all'inaspettata fermezza della madre, si lascia convincere e, rilanciando sul prezzo, conclude: «Se accettate questa mia controproposta, possiamo fissare il compromesso».

Le assicuro che sentirò la proprietà e le farò sapere. Ho ottime speranze di poter chiudere.

Mentre usciamo Barbara si volta in maniera quasi furtiva verso di me per stringermi calorosamente la mano e dirmi con tono commosso: «Grazie, grazie architetto! Lei non sa cosa rappresenti questo per me!», che mi commuove un po'.

Quindi, la casa giusta può addirittura rendere felici?

7

Magnifica residenza d'epoca immersa nel verde, 400 mq. Importanti altezze interne. Da vedere.

Questa mattina visite agli appartamenti con Sanna, ieri pomeriggio ho fissato gli appuntamenti e, dato che la palazzina C sembra sia abitata solo da pensionati, oggi riusciremo a fare tutti i sopralluoghi.

In un attacco di autorevolezza ho chiesto di vederci direttamente davanti alle palazzine. Giusto per consumare la colazione in serenità.

Ed eccolo lì che mi aspetta. Riesce a sembrare elegantemente snob e a suo agio anche qui, nell'atrio sgarrupatissimo di questo fabbricato di edilizia popolare affollato di biciclette e con le cassette postali straripanti di volantini pubblicitari.

Eh sì, perché l'edificio già nelle parti comuni si presenta un po' *délabré* (per usare un eufemismo). E non parlo della pavimentazione sconnessa o dello stato di pareti e scale. Ma delle macchie di umidità presenti ovunque, che mi fanno temere per quello che troveremo negli appartamenti.

«Pronta, Maffei?» E alla mia risposta affermativa chiede: «Da dove iniziamo?».

«Dal quarto piano, così possiamo valutare subito lo stato del tetto.»

«Gli inquilini sono stati informati della visita?»

«Certo.»

Annuisce e pare soddisfatto delle mie risposte.

Il primo appartamento che visitiamo è quello dei signori Russo, un'anziana coppia che ci accoglie con grande gentilezza.

Si capisce che la signora è un po' in soggezione davanti a Sanna ma che ne è al contempo affascinata. È pur sempre un uomo elegante con un suo certo fascino, un fascino che definirei "artico", ecco.

«Cosa possiamo offrirvi?»

Io guardo l'ingegnere, che di rimando scuote in modo impercettibile la testa.

«Grazie signora, ma come le accennavo al telefono ci mettiamo solo pochi minuti...» dico.

La sua delusione è grande.

«Neanche un caffè?» chiede ancora speranzosa.

Una domanda così accorata a cui io e Sanna rispondiamo contemporaneamente.

«Ma sì, dài», io.

«No, grazie», lui.

Mi permetto di lanciargli uno sguardo di supplica, e questa volta il cenno è positivo, seguito da un minuscolo sospiro.

E vinco io.

Ed è tale la felicità della signora Maria che Sanna abbozza e si siede con noi nel minuscolo salottino coi mobili lucidi ricoperti di foto.

Il caffè servito nelle tazzine del servizio "buono" è ottimo e io mi complimento, lanciando un'occhiata all'ingegnere perché anche lui dica qualcosa.

«Sì, davvero gradevole.»

La signora Maria si schermisce: «Sa, sono di Napoli... se non facessi il caffè buono io sarebbe una vergogna! Sono contenta che a lei e al signore sia piaciuto».

Ma non osa guardare Sanna.

Il signor Antonio invece si racconta volentieri; nei quasi sessant'anni di matrimonio («Ci siamo sposati che eravamo bambini»), nei quaranta di lavoro alla Parodi Valsecchi («Ho iniziato con il padre del dottor Giorgio, l'attuale direttore»), nei figli («Un sacrificio farli studiare, ma anche una grande soddisfazione») e ci mostra le foto di figli, nipoti e pronipoti, presentandoceli uno a uno.

Lui parla, lei si affaccenda intorno a noi, ma passando vicino al marito ha sempre un gesto di tenerezza, gli sfiora la mano quando gli porge la tazzina, lo accarezza leggera sulla testa, lo tocca affettuosa sulla spalla; lui la guarda adorante.

Sono una bella coppia, felici di essere arrivati fin qui insieme e in salute: «Una benedizione» si ripetono tenendosi per mano mentre ci accompagnano nella visita dell'appartamento.

Che si rivela il disastro temuto.

«Ha bisogno di lavori, è vero, ma, dottore, è casa nostra, non abbiamo mai saltato un mese d'affitto e non è stato facile, mi creda, con tre figli da crescere, e noi vogliamo continuare a viverci. Ci conosciamo tutti, sa, nel cortile. Siamo arrivati che eravamo tutte coppie giovani, tutti sposini, in questo giardino ci sono state prima le carrozzine e poi frotte di bambini che giocavano… il rumore più bello del mondo! E poi sono cresciuti insieme, li abbiamo visti andare a scuola, chi più chi meno, fidanzarsi e poi sposarsi e ai matrimoni ci siamo andati sempre tutti, sa, e adesso i ragazzi tornano la domenica con i nipotini che sono un po' i nipotini di tutti, lei capisce, moriremmo lontani da qui» ci dice Antonio guardando Sanna dritto negli occhi.

E io mi commuovo, mentre l'ingegnere, un passo davanti a me, sembra rimanere indifferente alla preghiera del signor Antonio. E meno male che non mi può vedere mentre mi asciugo gli occhi con la punta delle dita. Improvvisamente vedo apparire un fazzoletto sotto il mio naso.

«Per l'amore del cielo, Maffei!» mi sussurra Sanna esasperato.

Il tutto senza neanche girarsi.

Ma come avrà fatto a capire che sto piangendo? Tiro troppo su con il naso forse?

In ogni caso afferro grata quell'ancora di salvezza candida e profumata.

«Se non è in grado di affrontare i fatti della vita...» mi sibila mentre io cerco di prendere appunti sulle pareti del bagno, dove la muffa impera («Mio figlio la tinteggia ogni tre mesi»), sulle perdite del tetto che interessano gran parte della camera da letto («Ci abbiamo messo davanti l'armadio»), sull'intonaco ormai scrostato della cucina («Quando piove da lì scende l'acqua»).

«Ce la sistemerete? Ci lascerete qui, vero?» Quest'ultima domanda ce la sentiremo poi ripetere in ogni appartamento che visiteremo.

Io prometto. Sanna tace.

La visita alla famiglia Russo mi ha lasciato un sapore agrodolce. Agro per le condizioni in cui vivono e per le speranze che nutrono e che mi auguro non vengano disattese; dolce per l'affetto che si respira in quella casa, per l'idea di famiglia unita che trasmettono, una famiglia che sa trascendere il nucleo famigliare.

«Certo che per loro la famiglia è tutto. Bello così, no? Viene voglia di provarci» mi scappa quando siamo soli.

Lui, senza voltarsi a guardarmi, dice con un tono definitivo: «Trovare qualcuno con cui procreare non è detto che sia la scelta giusta o possibile per tutti, e poi secondo me la famiglia è sopravvalutata e a volte addirittura perniciosa». E dopo questa affermazione criptica pare mettersi di malumore. Chissà che esperienza ha avuto per essere così pessimista.

La perizia prosegue a passo dolente. L'efficientamento energetico non è mai passato di qui e siamo fortunati che la certificazione si fermi alla G. Niente doppi vetri, fessure da cui passerebbe un gatto, una caldaia decisamente vetusta per il riscaldamento centralizzato, impianti non a norma anche nelle parti comuni, coibentazione, questa sconosciuta.

Passiamo la mattinata a fare sopralluoghi poi, molti caffè dopo, quando ormai siamo al piano terra, Sanna propone di controllare il sottotetto della palazzina non più agibile.

«Inutile controllare gli appartamenti, è già deciso che vadano completamente rifatti. Vediamo di fare almeno una valutazione del tetto.»

La porta d'ingresso dell'edificio è mezza divelta e la pavimentazione ricoperta di foglie e sa il cielo di cos'altro, la scala è completamente priva di ringhiera.

Gli lancio uno sguardo che spero lo impietosisca: tre piani così no, eh.

«Prendiamo l'ascensore, il geometra Volpe lo ha fatto sistemare proprio in vista di questa perizia… le scale sono troppo pericolose.»

Sono in un ascensore diciamo non pulitissimo e neanche grandissimo, popolato solo da me e da Sanna, o almeno spero. E poi c'è quel minuscolo fatto che mi riguarda…

Ok, niente ansia. Tanto quanto vuoi che duri la salita di tre piani? Chiudi gli occhi, Bianca, tira un bel respiro e vedrai che è subito finita.

Invece l'ascensore si chiude, fa qualche metro, sobbalza e si ferma, le porte si aprono su una parete di cemento. Tempo due secondi e io comincio ad andare in iperventilazione. I molti caffè bevuti inoltre non aiutano.

Lui traffica, schiaccia tasti a caso sulla vetusta pulsantiera senza risultati apparenti, quindi, imprecando (sottovoce, ma imprecando), afferra il cellulare (inutilmente) e infine si volta verso di me.

«Maffei, dovremo...» poi credo noti il colore che ha assunto il mio incarnato e: «Maffei, che cosa...», la voce è tra il perplesso e il preoccupato.

«Bianca» dico in un soffio. Sto per morire, credo di aver diritto di essere chiamata come più mi aggrada.

«Bianca, cosa succede?» La voce ha una sfumatura interessata.

«Niente, non si preoccupi» esalo mentre mi lascio scivolare seduta su *quel* pavimento incurante dell'altissima possibilità di contrarre malattie quali la leptospirosi e/o la febbre da zecche. Però mi ha chiamato Bianca. Forse sto morendo e non mi vuole contraddire. Probabilmente ho un aspetto preoccupante, perché lui si accovaccia vicino a me e mi dice con un irriconoscibile tono pacato: «Bianca, cerchi di stare calma e faccia respiri profondi... respiri profondamente... ecco, così... adesso troveremo una soluzione».

«Sì, certo...»

Se non fosse che mi sta prendendo una crisi di claustro epocale, aggravata dalla presenza di Mister Acciaio Cromato, mi verrebbe da ridere, perché i respiri profondi servirebbero forse se io stessi per partorire, non di certo ora.

Ma lui sembra davvero preoccupato e io comincio a respirare profondamente, giusto per non contraddirlo; la cosa sembra funzionare, perché il cuore non mi sta più uscendo dalle orecchie.

«Brava... così», e mi stringe la mano che io nella tensione del momento devo avergli afferrato. So che gli sto lanciando uno sguardo grato. «Vedrà che Volpe si accorgerà della nostra assenza e verrà a cercarci.» Secondo me neanche lui ci crede sul serio.

Mi scruta con occhi indagatori: «Va meglio?».

«Sì, meglio.» Ed è vero, perché per un attimo mi sento bene, in questo ascensore puzzolente dove manca l'aria, e mi sento bene perché lui... lui cosa?

L'ascensore ha un altro sussulto, le porte si richiudono e riparte.

«Ecco, un minuto e usciamo.» Si alza in piedi. «Maffei, venga, l'aiuto... mi dia la mano. Tutto a posto ora?» Il tono torna a essere il solito, cortese ma freddo. Io torno a essere Maffei.

Mi aiuta ad alzarmi, finalmente siamo al quarto piano. E non vorrei trovarmi nei panni del geometra Volpe che riceve la telefonata che Sanna, allontanandosi da me, fa appena siamo usciti dall'ascensore. Non sento le parole, ma ne posso immaginare il contenuto.

Eppure a me in quei pochi minuti in ascensore sembra di aver visto qualcosa. Non so esattamente cosa. La sua mano però ha indugiato due secondi di troppo nella mia. Di questo sono certa.

Lo osservo mentre torna verso di me, in cerca di questo qualcosa nel suo sguardo, ma lui è il solito: freddo, professionale, scostante. Non mi rimane altro da fare che rivolgere la mia attenzione alla perizia.

Il tetto è un disastro, completamente da rifare. Alla fine decidiamo di scendere usando le scale. Lui in scioltezza. Io spalmata contro il muro.

Torno in agenzia a fine mattinata decisamente scossa e con una lunga lista di lavori necessari: tutto è da rifare, dai pavimenti agli infissi e non parliamo dei sanitari.

«Com'è andata?» mi chiede Cristina appena ho varcato la soglia.

«Sono sopravvissuta» rispondo. Lei mi lancia uno sguardo incuriosito e io capisco che Volpe si è tenuto per sé l'episodio dell'ascensore e la conseguente sciampata di Sanna. Quindi torno al sopralluogo: «Mah... fare un preventivo dei costi della ristrutturazione sarà lungo e difficile», soprattutto per chi, come me, si trova a farlo per la prima volta.

«No, intendevo con l'ingegnere.»

Io mi siedo alla mia scrivania, la fisso negli occhi e poi le domando: «Si può sapere cos'è tutta quest'ansia riguardo a Sanna?».

«No, è che...» Pausa imbarazzata.

«No, è che cosa?»

«Be', non ci aspettavamo, io non mi aspettavo che lui volesse seguire la perizia così da vicino. Certo è una perizia congiunta, ma questo non significa fatta così... così insieme, ecco.»

«Quindi temi che non si fidi di me?»

«Be', non ho detto questo ma...»

Ok, pensa che lui non si fidi di me. Fantastico. Dieci anni dalla laurea, quattro da capo cantiere in uno studio di livello internazionale e l'ingegner Sanna non si fida di me. Grandioso.

«... Noi dovremmo fare una perizia, loro un'altra... ho sempre visto fare così. Questa è una perizia molto... molto *congiunta*, ecco.»

Vorrei avere il tempo di approfondire, ma in quel momento Volpe appare in cima alla scala: «Ah Bianca, sei qui! Vedo che stai bene ora. Hai fatto preoccupare l'ingegnere, sai?».

Commento da cui deduco due cose: che Sanna gli ha parlato della mia crisi di claustrofobia e che il nostro geometra applica la tecnica dell'attacco come migliore difesa.

Non aspetta una mia risposta e prosegue: «Abbiamo un'acquisizione, una casa magnifica ma che non sarà facile vendere. Cristina ti darà tutti i dettagli».

«Ecco, ti ho inviato l'indirizzo, è la casa dei Levati; ha il giardino che dà sul fiume, abbiamo già messo giù una bozza di annuncio, poi ci dirai tu. Porta la macchina fotografica.» Cristina l'efficiente.

«Come mai è in vendita?»

«La signora Mafalda è l'ultima rimasta della famiglia, ci abitava con le sue due sorelle e credo che ora non possa più permettersela.»

Ah, che cosa triste!

Suono al cancello di ferro battuto verde scuro, come verdi sono le persiane che risaltano sull'intonaco giallo lombardo della grande casa un po' decadente. Un breve vialetto in ghiaia perso nell'erba e poi, in parte ricoperta da una rosa bianca rampicante, appare un'elegante veranda che funge anche da serra e profuma dei limoni che crescono in grandi vasi decorati; ed ecco che si entra nella casa. Ad accogliermi la signora Levati e con lei un'aria d'opera.

«Mozart» mi permetto di commentare.

«La conosce?» mi sorride.

«Be', sì, è *Voi che sapete*, nell'interpretazione di Joan Sutherland, direi.» Il nome della cantante è un azzardo.

«Sì, è proprio lei», e so di essermi guadagnata la sua simpatia. Grazie, papà.

Mafalda Levati ha un'età indefinibile, alta e sottile si muove con eleganza ma con un po' di difficoltà in un caffetano azzurro e bianco in questa casa dai bei mobili di famiglia che spiccano sulle pareti dipinte in un ormai sbiadito, ma ancora sorprendente, rosso pompeiano. È gentile mentre mi mostra i quattrocento metri quadri della bella casa ricca di ricordi. Gentile ma un po' sottotono.

Sulla parete della scala in pietra serena sono appesi bozzetti di costumi di scena. Riconosco l'*Aida*, i *Pagliacci*, *Madama Butterfly*, la *Turandot*.

Sono tracciati con mano sicura e con una scelta di colori e una tecnica che ti sembra di poter toccare le stoffe, di poter sentire sete e velluti sotto le dita.

«Sono bellissimi...» m'incanto a guardarli.

«Ah grazie... sono miei, sa? Facevo la costumista alla Scala fino a qualche anno fa. Un periodo meraviglioso.»

Ma in questa casa sono soprattutto i tessuti a colpire. Tessuti che tutto ricoprono, dal tavolo di legno biondo dell'ingresso ai tavolini sparsi qua e là, al lungo runner posto sul fratino della sala da pranzo, ai divani di velluto salvia del salotto-libreria; tessuti lavorati, ricchi in materiali e colori, tramati, damascati o abilmente ricamati con disegni preziosi. E poi i fioriti tappeti Karabagh russi, con i loro colori decisi, e gli americani Ziegler, più delicati, a ricoprire i pavimenti a listelli di legno.

Una dimora calda e accogliente, dove tutti i dettagli esprimono cura e amore: il pianoforte di legno lucido, i vasi colmi di fiori, le porcellane delicate conservate dietro le vetrinette, le alzatine di cristallo messe in fila in attesa di accogliere dolci da fiaba.

Anche questa casa mi racconta di sé e mi sembra di vedere tre ragazze che scendono correndo la scala, che chiacchierano facendo colazione nella cucina affacciata su un orto tanto bello e ricco di colori da confondersi con il giardino fiorito che digrada verso il fiume; le vedo leggere accanto al fuoco del camino o sedute all'ombra del grande olmo, suonare al piano preludi di Chopin, consumare allegre merende nel patio in mezzo al verde, acquistare nei mercatini uno a uno i piatti che occupano buona parte della parete dietro al tavolo da pranzo.

Un pensiero: che tristezza dover vendere una casa così.

Ma è solo quando siamo dall'altra parte del grande giardino piantumato che, guardando la casa al di là del prato, Mafalda ha un attimo di sconforto e dice quasi fra sé e sé: «Non so come farò senza questa casa. Ci sono nata qui. E ci sono cresciuta con le mie sorelle, i miei genitori, i miei nonni e una sorella di mia madre zitella... che è come una volta si chiamavano le single. Tutti andavano e venivano, le mie sorelle se ne sono andate con i mariti e poi sono tornate da vedove e di nuovo siamo state noi tre... e ora sono sola, ho perso tutti e adesso perderò anche lei... ed è un grande dolore, come perdere un'altra sorella». Poi scuote la testa e mi fa un sorriso un po' tirato. «Ma non me la posso proprio più permettere, troppo grande... troppo impegnativa per me sola. Ah, dovrò rinunciare anche a molti mobili... veda lei se è possibile che l'eventuale acquirente li ritiri lui.»

Torno triste in agenzia. Questo lavoro ha una componente emotiva sinceramente inaspettata.

Appena entro Volpe si affaccia dal suo ufficio. Comincio ad abituarmi a questi aggiornamenti ai piedi della scala con il naso all'insù.

«Allora, cosa ne dici?»

«La casa è molto solida e ben tenuta, gli impianti sono in ordine ed è già praticamente divisa in tre appartamenti a seguito di lavori di ristrutturazione eseguiti quando le sorelle sono tornate. Ma la sorpresa è il sottotetto, molto alto… saranno almeno tre metri al colmo. Volendo ci si potrà ricavare un altro appartamento.»

«Si dovrà vedere se l'eventuale acquirente è interessato di più alla casa o al terreno…»

«Demolirla?!» Chi potrebbe avere il coraggio di farlo?

«Metti giù un annuncio, lo facciamo girare nel circuito milanese e vediamo se riusciamo a suscitare un po' di interesse. Hai fatto le foto?»

«Sì, certo.»

Mi metto a scrivere.

Magnifica residenza d'epoca immersa nel verde, 400mq, importanti altezze interne, ampie vetrate con affaccio sul giardino. Imperdibile vista sul fiume.

Mi sento come se mi avessero shakerato. Troppe emozioni.

Ma se chiudo gli occhi lo vedo ancora inginocchiato vicino a me che mi chiama Bianca.

È chiaro che è la stanchezza. Che altro?

8

Tranquillo bilocale posto al piano terzo in stabile d'epoca. Da riordinare.

Sabato mattina. Ormai sono tre settimane che vivo qui e ormai sono stata di fatto annessa al gruppo delle "ragazze di Verate"; e infatti eccole lì che mi fanno grandi cenni di raggiungerle al tavolo, dove stanno consumando la colazione circondate da passeggini occupati da bimbi biondi in diverse misure d'età.

«Vieni, Bianca, stiamo discutendo delle attività che vogliamo organizzare per l'estate e non solo!» mi dice Alessandra, indicandomi una sedia tra Sassi e Costanza.

Quindi mi accomodo e tempo due secondi arriva Eleonora con pane, marmellata e caffè americano per tutte; poi si siede anche lei.

«Allora, a parte la festa vintage che si terrà la prossima settimana e che ha un suo comitato organizzatore, qui c'è da lanciare altre iniziative, estive e non» prende la parola Alessandra.

«Organizziamo ancora la notte delle Perseidi il 12 di agosto, no?» chiede Eleonora.

«Certo.»

«Bisognerà allora trovare volontari per lo sgombero della terrazza e il posizionamento delle sdraio.» Costanza, ho imparato, è sempre la più pratica.

«Il programma di *Cinema sotto le stelle* è completo e si parte con *Le fate ignoranti* e poi *Shanda's River* e a seguire *Un uomo tranquillo*.» Un cartellone piuttosto composito, vedo. «Poi avremo i fuochi d'artificio il 15 di agosto… ecco, qui si apre il doloroso capitolo dei contributi.»

«Non siamo coperti? Ma il 15 di agosto è fra un mese!» si agita Sassi.

«Siamo coperti per il costo dello spettacolo pirotecnico e per i film, ma si pensava di offrire qualcosa e poi non abbiamo ancora raggiunto la copertura totale per le luminarie natalizie.»

«Per la notte di san Lorenzo potremmo organizzare una tisaneria per esempio, come l'anno scorso» propone Eleonora.

«Io credo che un open bar sarebbe più gradito…» come già detto, Costanza è decisamente una persona pragmatica.

«Ok, ma per farli approvare devo arrivare in giunta con almeno il 50 per cento dei costi coperti. Il giro dei commercianti veratesi è finito e credo sarà difficile ottenere altri soldi.»

«Immagino abbiate chiesto alla Patrol Real Estate…» intervengo pentendomi immediatamente.

Perché Alessandra annuisce con vigore e, cercando qualcosa nel cellulare, mi spiega: «Certo, l'abbiamo fatto, ci sembrava intelligente e lungimirante da parte di una società immobiliare che prevede un così pesante intervento sul nostro territorio farsi conoscere, farsi apprezzare… ma guarda, ti leggo le risposte che Giovanni Bonsignore, il nostro assessore al commercio, ha ricevuto da Sanna… ho l'email che mi ha girato… ecco qui il Sanna-pensiero.»

Capisco che le altre sono già informate, la lettura è solo per me, quindi.

«Il nostro ingegnere giudica nell'ordine: le stelle cadenti "minuscoli pezzettini di polvere e roccia privi di qualsiasi interesse", le luminarie natalizie "inutili e decisamente costosi inquinatori luminosi" e, per finire, i fuochi d'artificio "pericoloso e rumoroso modo di sprecare soldi".»

Mi sbaglierò ma credo sia un no.

Privo di poesia, come pensavo.

«Eccolo che arriva!» avvisa Eleonora e tutte ci giriamo a guardarlo. Se nota le cinque paia d'occhi su di lui, signorilmente non lo dà a vedere.

L'unica concessione domenicale al suo solito abbigliamento è l'assenza della cravatta e il colletto della camicia slacciato di ben due bottoni.

«Qualcuno sa quanti anni ha?» Sono stata io a domandarlo?

Tutte ora sono voltate verso di me. Sì, sono stata io.

Tutte con quei sorrisini allusivi sulle labbra.

«E ti interesserebbe perché...?» chiede Eleonora, che è quella con meno filtri.

«Ma così... ci lavoro insieme e mi è venuta questa curiosità.»

«Ok, dimmi, quanti anni hanno Cristina e Volpe?» di nuovo Eleonora.

«Non ne ho idea ma...»

«Com'è che per loro questa curiosità non ti è venuta?»

Ignoro la domanda, che più tardi magari porrò a me stessa.

«Non ho nessuna intenzione su di lui, se è questo che intendi. Non potrei mai neanche prenderlo in considerazione. È troppo scostante» preciso piccata.

«Questo non è mai stato un ostacolo, no?» commenta Sassi, e io mi domando se stia parlando per esperienza personale.

«In ogni caso, secondo me è solo molto infelice» dice Eleonora cambiando argomento.

«Infelice? E perché dovrebbe essere infelice?» Alessandra esprime il comune sentire.

«Ah, questo non lo so, ma mi sembra un uomo con un grande peso sul cuore.»

Ma i bimbi, che sono rimasti buonissimi fino a ora, reclamano le mamme in coro e la riunione si scioglie su queste parole di Eleonora.

Dopo pranzo, invece di concentrarmi sull'esame e studiare su quel tomo dal titolo lunghissimo, *Manuale completo con test di verifica per l'esame di abilitazione al ruolo degli agenti di affari in mediazione, sezione agenti immobiliari*, che dà la misura della noia, decido di concedermi una pausa di lettura sul mio balcone. È una giornata d'estate dai colori caldi e pieni e la vista che si gode sul parco dell'ospedale, con i suoi vialetti e prati ombreggiati da alberi secolari, è piacevolmente rinfrescante. Mi siedo e comincio a leggere il mio adorato Haruf quando una risata mi distrae.

Due giovani uomini percorrono il vialetto che confina con il nostro orto, uno è su una sedia a rotelle e ride di qualcosa che l'altro, chino su di lui, gli ha detto all'orecchio mentre lo spingeva.

Si fermano a ridere insieme. Quello che mi pare il più vecchio si è accucciato davanti all'altro, le mani appoggiate sui braccioli, e parla al più giovane. È un'immagine che rimanda affetto.

Mi sembra si assomiglino, che abbiano lo stesso profilo. Un profilo affilato come quello di…

Mi alzo in piedi e mi avvicino alla ringhiera. Mi sembra impossibile. Ma a pochi metri da me, in maniche di camicia arrotolate, i capelli spettinati e gesti pieni di attenzione e oserei dire tenerezza, c'è l'ingegner Sanna.

I due nel frattempo si allontanano, ma io noto chiaramente il gesto dell'ingegnere che arruffa i capelli al più giovane.

Un colpo di calore? Mio? Suo?

Faccio fatica a riprendere la lettura. Il pensiero torna sempre all'immagine di un Andrea Sanna carico di energia e calore, così diverso dall'ingegnere ingessato che conosco. Dall'uomo che finora si è mostrato a me. Be', tranne che nell'ascensore, ma è stato veramente per poco e in una situazione di emergenza.

E chi era il ragazzo sulla sedia a rotelle?

Mi impongo di tornare al mio libro e presto il microcosmo di Holt mi trascina con sé.

Meno male, perché questo continuo e ingiustificato pensare a Sanna mi sta irritando.

Lunedì mattina, ho un appuntamento alle nove con Paola Rizzi, insegnante.

«È di Padova e ha ottenuto la cattedra di fisica presso il nostro liceo e, dato che è reduce da un recente divorzio, è intenzionata a stabilirsi qui con il figlio undicenne. Ti ho lasciato la scheda di un appartamento che sembra fatto apposta per loro. Peraltro, l'unico che possano permettersi» mi dice Cristina.

Tranquillo bilocale posto al piano terzo in stabile d'epoca. Cantina e box. Da riordinare.

Da riordinare? Temo che non si tratterà di dare una semplice spolverata. Ma non oso chiedere.

La professoressa Rizzi è la persona più nervosa che io abbia mai conosciuto e suo figlio Paolo, di contro, il ragazzino più tranquillo e silenzioso.

Lei si agita sulla sedia, si mordicchia le unghie, si sistema i capelli e gli occhiali, accarezza la testa al figlio poi gli aggiusta circa cento volte il colletto della polo, mentre io le racconto cosa possiamo offrirle.

L'appartamento è nello stabile proprio di fronte all'agenzia, prendo le chiavi e ci avviamo. Loro camminano vicino a me, come piegati da un dolore comune.

È messo male come temevo, ma una volta sistemati i pavimenti e cambiati i sanitari, con una bella tinteggiatura si trasformerà in una casa confortevole per mamma e figlio. Il prezzo richiesto decisamente interessante.

«Ma, eventualmente, quanto tempo ci vorrà prima che sia abitabile?»

«È un lavoro di alcune settimane... Possiamo aiutarla a trovare un'impresa...»

Lei scuote la testa: «Speravo di trovare casa e poterla abitare nel giro di un mese».

«Se la casa è di suo interesse possiamo vedere di abbreviare al massimo i tempi...»

«Non so... avrei preferito qualcosa di più grande, una camera anche per Paolo, ma la cifra a disposizione è quella che è... diciamo che ci devo pensare e le farò sapere.»

«Purtroppo al momento questo è l'unico appartamento in vendita che rientri nella cifra che lei ha deciso di spendere.»

«Sì, capisco... ma magari in futuro... nel frattempo cercherei qualcosa in affitto.»

Durante la nostra conversazione Paolo è andato di finestra in finestra come se fosse alla ricerca di qualcosa, poi alla fine esclama: «Ma dov'è il prato? Mi avevi promesso un prato». Il tono è estremamente deluso.

«Paolo, siamo in campagna... hai visto quanti prati ci sono qui intorno... e poi il parco è proprio qui a due passi» cerca di consolarlo la madre.

«Io voglio il prato come quello di casa a Padova. Un prato tutto mio. Per le mie ricerche sulle formiche.» Guardo Paolo e rimango colpita dalla pacata tristezza che trasmette.

«Vedrò cosa posso fare, va bene?» promette la madre lanciandomi un'occhiata speranzosa. E prima che io possa infrangere queste speranze mi spiega: «Paolo ha una passione per gli insetti, vorrebbe diventare entomologo come suo padre e sta cercando nuove specie di formiche. È un progetto che hanno in comune».

E improvvisamente il ragazzino apatico si illumina tutto: «Sa che secondo un recente studio dell'università di Hong Kong ci sono quindicimila tipi diversi di formiche al mondo? In Italia ne sono stati censiti duecentocinquantasette. Ma è ancora tutta una ricerca aperta. Un lavoro in itinere, come mi ha spiegato il mio papà. Però mi occorre un prato per continuare le mie ricerche. Poi io e papà pubblicheremo un articolo».

Sua mamma lo guarda con tutta l'affettuosa incapacità di comprendere che spesso anima le madri.

«Sa, con mio marito abitavamo in una villa con un grande giardino, e il prato gli manca molto... be', gli manca molto la vita che avevamo. Adesso noi siamo qui per ricominciarne una nuova, cosa peraltro che suo padre ha già fatto e, detto per inciso, l'ha fatto con una sua studentessa ventiduenne... ma è difficile dimenticare i luoghi dove si è stati felici, oltretutto qui Paolo non ha amici.»

«Solo per il momento non hai amici» e penso a una ragazzina della sua età che, ne sono sicura, vorrà essergli amica. Anche se non conosco il punto di vista di Nuccia sulle formiche.

Ci lasciamo con la mia promessa di cercare qualcosa di già abitabile e che abbia, se non un prato, almeno un giardino condominiale.

Promessa che, lo so benissimo, al momento non riuscirò a mantenere. Questo lavoro mi ucciderà.

Sono qui che fisso il computer in attesa che si compia il miracolo e appaia un annuncio di vendita di casa con giardino al prezzo di un bilocale quando mi suona il cellulare.

Numero sconosciuto. Ma non ho ancora detto «Pronto» che un riconoscibilissimo «Maffei...» mi fa capire che il geometra non si è dato la pena di avvertirmi di aver comunicato il mio cellulare a Sanna.

«... Volevo sapere a che punto è con la computazione dei costi relativi alla palazzina C prima di procedere con i sopralluoghi delle altre.»

E a che punto sono? Al punto di partenza. Ma non mi sembra il caso di farglielo sapere.

«Ingegnere, mi scusi, sono con dei clienti. Posso chiamarla più tardi? Così potrò aggiornarla nei dettagli.»

La pausa che segue mi dice quanto non ami essere rimbalzato, ma alla fine: «Mi chiami lei, appena si libera, grazie». E non c'è più.

Cristina, che mi sta di fronte e che ha seguito la conversazione (se così vogliamo chiamarla), alza un sopracciglio e mi lancia uno sguardo incuriosito.

«Adesso non ho tempo di fare il punto con lui» mi giustifico con il senso di colpa che già mi sta mettendo all'angolo.

«Certo, sei impegnata a fissare il monitor... non hai tempo per nient'altro» commenta lei.

Ok, è decisamente arrivato il momento di affrontare il problema delle computazioni dei costi.

Sono al corrente della procedura da seguire: si fa una computazione senza prezzi inserendo le quantità e poi si invia il computo a più imprese per avere dei preventivi. Nel frattempo ci si fa un'idea consultando i *Prezzi informativi opere edili* pubblicato della camera di commercio. Facile. Ma io non l'ho mai fatto e non vorrei commettere errori o dimenticanze. Allo studio era Irene a occuparsene. Potrei chiamare Locatelli e chiedergli aiuto. Ma poi, con che cuore vedrei affidare il lavoro ad altri? E poi la decisione sul nome dell'impresa spetta alla Patrol Real Estate e cioè a Sanna e ai suoi soci. Rimane solo Irene.

Risponde subito al cellulare e il tono felicemente sorpreso mi colpisce in maniera positiva.

«Bianca! Che bello sentirti! Come stai?»

«Sto bene, grazie, e tu?»

«Bene… Ho incontrato Eugenia, mi ha detto che ora lavori» mi dice con tono cauto, ben sapendo di andare a toccare nervo scoperto.

«E non è stato semplice, sai? Alla fine mi sono dovuta accontentare» non ho intenzione di renderle le cose facili. Poi mi ricordo che ho bisogno di lei e quindi non posso fare troppo la sostenuta. «In ogni caso, tutto è bene quel che finisce bene.»

«Ne sono molto contenta.» Sicuramente anche sollevata.

«Irene, avrei bisogno del tuo aiuto», diciamo che in qualche modo me lo deve.

«Certo, volentieri.» E la so sincera.

Le spiego brevemente la situazione, poi la mia richiesta: «Ecco, avrei bisogno che tu rivedessi le mie stime».

«Certo, mandamele appena sono pronte… se vuoi le invio anche a un paio di nostre imprese in via informale, giusto per sicurezza. Magari a Locatelli.» Per un attimo si ricrea l'antica sintonia. E la cosa mi fa un po' male, sto facendo leva sul suo senso di colpa.

«Per questo ti faccio sapere. Nel frattempo, in un paio di giorni ti invio una prima stesura della computazione.»

«Bene, l'aspetto.»

Alla fine della telefonata mi sento più serena. E non riguardo al computo delle spese edili. O almeno non solo a quello.

Prendo il cellulare per richiamare Sanna sotto lo sguardo rincuorato di Cristina.

«Troviamoci al bar della Trattoria Moretti» e dato che è senza alcun dubbio un ordine, mi alzo e vado.

Solito tavolino, solito aspetto, solita aria scontrosa.

Inizio a dubitare di averlo visto solo ieri ridere chino su una sedia a rotelle o che solo pochi giorni fa mi abbia tenuto la mano. Ma forse quella ero io e quindi non vale.

In ogni caso, com'è che ci si deve sempre incontrare qui? Comincio a trovarlo bizzarro. Credo, però, che terrò queste considerazioni per me, almeno per il momento.

Lo aggiorno brevemente: «Avrà un computo di massima delle spese entro questa settimana».

«Maffei, oggi è lunedì, non riusciamo a fare di meglio?» È perplesso e non posso dargli torto.

«Vedrò cosa posso fare ma non prometto nulla.» Poi vado oltre, giusto per non fermarci sulle mie incompetenze: «Mi domandavo se avete già un'idea delle imprese che coinvolgerete».

«È una decisione un po' prematura da prendere, dato che finché non avremo un'idea chiara dei costi non si passerà alla fase successiva della scelta dei partner… ma, vista la sua esperienza di cantiere, sarà utile avere dei suoi suggerimenti.»

Sa che ho lavorato in cantiere.

«Così si è informato su di me.» Infastidita? Lusingata? Curiosamente lusingata, ammettiamolo.

Nel frattempo sul tavolo sono apparsi un caffè e un centrifugato di pesche, albicocche e carote e delle focaccine di kamut calde.

«Vuole che confessi la banalità che mi piace sapere con chi lavoro?» prosegue Sanna.

Anch'io peraltro ho cercato notizie su di lui.

«Io su di lei ho trovato che è laureato in Ingegneria edile e che ora ricopre la carica di C.E.O. della Patrol Real Estate con sede a Londra, dove anzi ero convinta abitasse.» E questa come mi è uscita?

«E invece no, ho preso casa a Verate» e non sembra seccato.

«E le piace stare qui?» Sto conversando con Sanna su argomenti personali? Non ci posso credere.

«Al netto delle ragioni che mi hanno portato qui, sì, direi di sì. E a lei Maffei, piace vivere a Verate o le manca Milano?»

Lo guardo sorpresa.

«Sa che sono di Milano? E cosa ha scoperto d'altro su di me?»

Lui non si scompone.

«Che suo padre ha un'azienda di raccordi idraulici piuttosto affermata e che ha una sorella, una sorella gemella per l'esattezza, avvocato, e che fino a poche settimane fa abitava a Milano dove svolgeva la professione di architetto, o meglio di responsabile di cantiere, per la Mattavelli & Tortora.»

Sì, si è proprio informato.

«In ogni caso, sì, mi piace stare qui» e mi stupisco che questa sia la verità. «Anche se a volte...» mi fermo. Cosa sto facendo? Confidandomi con l'uomo scolpito nel ghiaccio?

Ma lui mi sollecita: «Le manca Milano? O il suo lavoro di architetto?».

«Be', entrambi... mi manca la mia Milano, il centro con le mostre a Palazzo Reale, la passeggiata alla Darsena la domenica mattina, il mercato di via Fiamma, la colazione al bar Sissi, la cucina napoletana di Gennaro Esposito... ma soprattutto mi manca il mio lavoro e le confesso che cerco di evitare di passare vicino ai cantieri... già solo i cartelloni con le norme antinfortunistiche mi provocano una fitta di nostalgia.» E mi sfugge la ragione di questo mio raccontarmi così nei dettagli. Lo guardo negli occhi aspettandomi fastidio o almeno indifferenza e invece...

«Sì, capisco» e il tono è quello di chi veramente comprende, lo sguardo dietro gli occhiali ha un nuovo calore.

Ma ecco che il suo cellulare suona e, mentre lui comincia a parlare in un francese arrotato con il suo interlocutore, io tolgo il disturbo con tutta la dignità concessami dal tenere in una mano un centrifugato e nell'altra una pila di focaccine.

9

Monolocale arredato in ottimo stato con cucina a vista, servizio finestrato e balcone.

E ora che il computo delle spese, riveduto e corretto da Irene, è pronto, l'ingegner Sanna è sparito.

Di questo passo ci metteremo mesi a stilare la perizia.

Perizia che io stilerò, ricordiamocelo bene, ma non potrò firmare.

Il geometra-capitano coraggioso-Volpe mi ha chiesto di chiamare il nostro ingegnere per fissare una nuova visita alle palazzine, dato che lui, vilmente, non se la sente di parlare con Sanna; nonostante i miei ripetuti tentativi, però, da tre giorni risponde solo la segreteria.

Nel frattempo c'è da tenersi occupati con il mercato immobiliare.

E oggi devo incontrare Mauro Sturba, un fisioterapista in carico al centro di riabilitazione che, scopro, è stato aperto solo un anno fa presso l'ospedale di Verate ma è ormai diventato un centro di eccellenza per il recupero di gravi invalidità.

«Prima pensavo a una casa in affitto,» mi spiega il giovanotto dall'aspetto di un culturista quando ci vediamo «ma ormai ho deciso che mi stabilirò qui.»

«Si trova bene a Verate, quindi.»

«Sì, mi trovo molto bene. Il centro dove lavoro è uno dei migliori in Europa e Verate è un luogo estremamente vivibile, molto verde, piste ciclabili, vicinanza alle montagne, possibilità di vivere il fiume... per uno sportivo come me sono fattori di fondamentale importanza.»

Cerca un monolocale, noi ne abbiamo uno arredato lasciato dal precedente segretario comunale che è tornato a Sassari, sua città di origine.

L'appartamento è in ottimo stato, l'arredamento mantenuto su colori neutri, un divano letto con il rivestimento in grossa tela écru, un angolo cucina ben organizzato, un bagno sorprendentemente ampio, alle pareti arazzi colorati e sui mobili chiari dei cesti intrecciati.

Al nostro fisioterapista il piccolo appartamento che si affaccia sul parco e sulla piazza di Verate piace subito molto.

«Direi che è l'ideale... Ma chissà se mi abituerò a stare solo, sa, provengo da una famiglia numerosa e rumorosa. Al momento abitiamo in sei in cento metri quadri, noi tre fratelli, i miei genitori e Stella, la figlia di quattro anni di mia sorella... pensi che abbiamo un bagno solo. C'è sempre un sacco di confusione.»

«Be', avere un appartamento tutto suo sarà una piacevole novità, allora.»

«Sì... penso di sì.» Non mi sembra del tutto convinto. «Come le ho detto ho deciso di trasferirmi qui perché il tragitto da Novara, dove abito con i miei, a Verate non è proprio agevole, ma adesso quando torno a casa, anche di notte, c'è sempre qualcuno con cui parlare o con cui condividere un piatto di spaghetti e davvero non so come sarà vivere da solo.»

Scuote la testa come se la prospettiva lo impensierisse un po'.

«In ogni caso la decisione è presa» dice poi convinto. Forse più a se stesso che a me.

Ci lasciamo con l'impegno, da parte mia, di consultare il proprietario rispetto a una data idonea per il compromesso.

È strano per me pensare che qualcuno preferisca la confusione di una famiglia numerosa alla quiete di uno spazio tutto suo. Anche se devo ammettere che, con la trattoria e le ragazze a portata di mano, anch'io vivo in una sorta di famiglia allargata. Almeno, però, ho un bagno a mia completa disposizione.

Ma mi devo affrettare, perché questa sera c'è la prima proiezione del cinema all'aperto. E non vedo l'ora. Il film in programma è *Le fate ignoranti* di Özpetek. Storia che ho molto amato. Sarà un bel modo di passare la serata. Piangendo.

La prima sorpresa è scoprire dove e come la "sala" è stata organizzata: al di là del fiume, i sedili in legno degradano lungo il fianco della collina verso lo schermo (posizionato quasi sul greto e molto vicino all'acqua) a formare un anfiteatro naturale. Semplice e ingegnoso. È una notte piacevolmente calda e profumata qua e là da macchie gialle e rosse di bella di notte, qualche lucciola ravviva poeticamente la collina già scura.

Quando alzo gli occhi al cielo a togliermi il fiato è l'impressionante dispiego di stelle che punteggiano luminose e tremolanti una volta di velluto blu in cui la collina sembra avvolta.

Mi siedo a metà della sala e preparo il fazzoletto che so comincerò a inzuppare già dal primo fotogramma. Che poi piangere guardando un film è uno dei piaceri della vita, no? Se poi è al cinema, dove non corri il rischio che uno spot che pubblicizza assorbenti interni interrompa la tua meritata dose di commozione, ancora meglio.

Partono i titoli di testa, Margherita Buy si aggira tra le statue romane del Museo Centrale Montemartini di Roma, sullo sfondo il marito in smoking, e io in perfetto sincronismo comincio a piangere e so che piangerò fino all'ultima nota della canzone dei Tiromancino. Già mi sto godendo questo momento perfetto quando a un certo punto mi sento come a disagio e, voltandomi a scrutare la platea dietro di me, scorgo Sanna seduto un paio di file più in là che sembra intento a osservare me più che a seguire la pellicola. Il primo pensiero bizzarramente festoso è: "È tornato!", poi però subentra il buonsenso e il secondo pensiero, "Possibile che riesca a capire che sto piangendo a questa distanza?", mi riporta al qui e ora.

Alla fine del film, con gli occhi gonfi, raggiungo Alessandra, Sassi e Costanza che stanno iniziando a sistemare, per doverosamente propormi di aiutare. Ma sembra non abbiano bisogno di me per chiudere la cassa e rassettare la "sala", rifiutando il mio aiuto e finendo una la frase dell'altra: «Vai pure, facciamo noi...».

«... che sappiamo come si fa...»

«... prima che stiamo a spiegartelo...» con aria affaccendata.

E loro, che sono sempre così inclusive, mi lasciano sul sentiero illuminato unicamente dalla tenue luce dei led, sola.

«Posso accompagnarla, Maffei?»

Lo spavento è tale che manca poco che io mi metta a urlare.

«Scusi, non la volevo spaventare...» La voce ha una sfumatura dispiaciuta.

«No, mi scusi lei.» Ma guarda, Sanna mi ha aspettato. E mentirei se non ammettessi che mi fa piacere.

«Sì, grazie, molto gentile da parte sua.» E gliene sono molto grata.

Sul sentiero solo noi, i grilli e le stelle. Stranamente acuta è la percezione della sua presenza accanto a me nel buio. Sento il suo respiro. Sento il suo calore.

Proseguiamo in silenzio. Vorrei dire qualcosa ma non so cosa.

Poi, incredibilmente, è lui a parlare: «Ho notato che il film le è piaciuto».

«L'ha dedotto dalle lacrime?» rispondo un po' sulle mie.

«Anche dai singhiozzi, in realtà.» Ossignore, ho anche singhiozzato. «Sicuramente ha saputo suscitarle delle emozioni.»

«Sì, molte.»

«Questo è un pregio in un'opera di fiction.»

«A lei è piaciuto?», domanda direi d'obbligo a questo punto della conversazione.

«La recitazione, come spesso accade negli attori italiani, mi è parsa un po' lacunosa, dilettantesca, ma la sceneggiatura è molto curata, credibile direi, interessante il gioco di specchi e incastri... c'è una mano sicura alla cinepresa, senza dubbio il regista ha fatto un suo percorso.»

Ma prima che si possa aprire un tavolo di discussione sul valore del cinema di Özpetek siamo arrivati sul lungofiume all'altezza della trattoria, e io entro velocemente nell'orto dei Moretti attraverso il cancelletto che Sanna mi ha gentilmente aperto.

Mi volto per ringraziarlo, lui fa un cenno e sembra allontanarsi. Ma quando sono in cima alle scale, prima di aprire la porta, lancio uno sguardo alla ciclabile e lui è ancora lì. Vicino al cancello. Sta aspettando che io entri.

E solo quando sono in casa mi rendo conto che mi sono dimenticata di dirgli che i computi sono pronti.

Sabato all'ora di pranzo ho la (graditissima) sorpresa di una visita dei miei genitori.

«Almeno vedere come ti sei sistemata» si giustifica mio padre con quel suo tono falsamente burbero.

Quindi mostro loro l'appartamento, mia madre va in visibilio per tutto, papà si limita ad annuire, non ammetterebbe mai che gli piace.

«E il lavoro, come va?» mi domanda mentre mia mamma controlla con la signora Tilde cosa offre oggi il menù per una «vegana convinta», come ora si definisce.

«Tutto bene, papà, ho già venduto tre appartamenti e ora mi devo occupare della vendita di una proprietà direi prestigiosa, ah sì…» aggiungo come se potessi essermene dimenticata «poi sto seguendo la vendita di un lotto di quattro palazzine a una società immobiliare inglese…» Questo esercita l'effetto voluto su mio padre.

«Bene, molto bene… Ho però visto il modulo per la richiesta di reiscrizione all'albo incorniciato e affisso nella tua cucina…» Ecco, lui tende a inchiodarti così.

«Be', sì… non ci ho ancora rinunciato.» In realtà continuo a contarci.

Poi, una volta seduti a tavola, mia mamma viene "coccolata" da Eleonora con un tris di hummus e spaghetti di zucchine con sugo di anacardi, io e papà ci rallegriamo con il fantastico aspic di pollo e verdurine. Ma è dopo, quando anche il caffè è stato bevuto, che succede una cosa inaspettata. Parecchio inaspettata, aggiungerei.

Succede che un'ombra si allunga sul tavolo e io capisco a chi appartiene ancor prima che una voce controllata dica: «Buongiorno, Maffei».

«Buon… buongiorno, ingegnere» balbetto dalla sorpresa. Si può parlare di piacevole imbarazzo? Esiste?

E rimaniamo lì tutti e quattro a guardarci per due secondi finché è ancora lui a prendere la parola: «I suoi genitori, immagino…».

«Sì.» Ok, so che dovrei dire altro ma non so veramente cosa, ed è quindi lui a prendere l'iniziativa.

«Sono Andrea Sanna, collaboro con vostra figlia.» E stringe la mano prima a mia madre e poi a mio padre.

«Si segga, prenda un caffè con noi!» ed è un ordine ma Sanna si sottrae con cortesia.

«No, non voglio disturbare, volevo solo rubarvi vostra figlia un attimo; Maffei, avrei bisogno di parlarle, se possibile.» E di cosa?

Qualche altra parola gentile di scusa rivolta ai miei genitori e siamo uno di fronte all'altra un po' discosti da loro.

«Volevo chiederle un favore.»

Mi spiazza.

«Sì, certo...» rispondo, convinta di non aver capito bene. Un favore da me?

«È venuta a mancare una mia zia e...» Il tono è piano.

«Be', mi dispiace... condoglianze...» Sono un po' confusa.

Lui fa un cenno vago.

«Era la zia di mia madre, molto anziana...»

Per un attimo sembra perdersi in qualche pensiero, o forse ricordo, lo sguardo lontano.

«Ci aveva lasciato da molto... abitava sul lago di Garda.»

Lo dice come se il lago di Garda appartenesse a una galassia lontana.

«In ogni caso sembra che io abbia ereditato la sua casa a Sirmione.»

Alza gli occhi e mi guarda. Solo ora, alla luce diretta, mi accorgo che li ha grigioazzurri, dietro le lenti montate in acciaio. L'uomo dalle molteplici sfumature di grigio.

«Le interesserebbe venire con me per una valutazione dell'immobile?»

«Sì.»

Non è possibile che sia stata io a rispondere così prontamente. In pratica non aveva ancora finito la frase.

«Vorrei avere un suo parere circa la fattibilità di trasformarla in un albergo. Andremo e torneremo in giornata.»

«Ok.»

«Bene, allora ci troviamo qui domattina alle otto.»

Domattina? Subito così?

«Avverto io Volpe. Ci faremo portare in taxi a Milano per poi proseguire in treno fino a Desenzano, lì ci verranno a prendere. A domani dunque. Per favore, mi saluti i suoi e mi scusi ancora con loro.»

Torno un po' frastornata al tavolo dove i miei mi aspettano.

«Niente male questo Andrea Sanna, proprio niente male. Che tipo di *collaborazione* avete?» mi accoglie mia mamma con un sorriso carico di inopportuna malizia.

«Professionale, mamma, unicamente professionale.» Mi ha solo tenuto la mano durante una mia crisi di claustrofobia, chiamandomi Bianca. Ma chi non lo conosce non può comprendere la portata del gesto.

E ora andrò a Sirmione con lui.

Mia madre, prima di andarsene, mi regala un CD dei Måneskin. In copertina quattro adolescenti pesantemente truccati.

«Ascoltalo, è bellissimo! Io me lo sono fatto autografare da tutti e quattro! Ma è Damiano, il frontman, che è una forza della natura!»

Io ringrazio mentre mio padre, dietro di lei, scuote la testa.

Alle otto in punto si parte per Milano.

Il tragitto in taxi si risolve con lui che parla senza interruzione e in una miscellanea di lingue al cellulare con diversi interlocutori utilizzando toni dall'educatamente sommesso al pacatamente alterato, e con me che messaggio con tutte le ragazze chiedendo consigli per uscire indenne da un'intera giornata in compagnia di un Sanna di quest'umore ricevendo suggerimenti contraddittori:

"Fatti rispettare!", Alessandra.

"Tieni un profilo basso e vedrai che le ore passeranno veloci", Costanza.

"Secondo me questo ingegnere…", Sassi.

"Goditela!", Eleonora.

Poi, dopo il solito caos della stazione centrale di Milano, eccoci seduti uno di fronte all'altra.

Sanna si nasconde subito dietro il *Wall Street Journal*, allora io mi sento autorizzata a prendere il mio *Ragione e sentimento* dalla borsa.

Ma lui (che chiaramente possiede l'ultravista) abbassa il giornale, lancia uno sguardo al libro e aggrotta le sopracciglia: «Non la facevo un tipo da…».

«Da cosa?»

«Da letteratura di genere.»

«Perché leggo della critica in queste parole?» mi inalbero.

Lui sospira, si sporge verso di me e, con la voce fastidiosamente pacata che si usa con chi si ritiene intellettualmente inferiore, mi spiega: «Credo che la letteratura debba aiutare a pensare, arricchendo nel contempo criticamente il pensiero, far riflettere sulla natura umana, porre delle domande al lettore sulle sfaccettature della personalità dei personaggi e sui loro comportamenti, essere quindi più vera del vero e non consolatoria. Mai».

Ora, già che consideri l'opera di Jane Austen «di genere» mi fa ribollire il sangue, ma che mi si debba anche fare la paternale sui miei gusti in fatto di letture, no, eh!

E così: «E perché? Cosa c'è di sbagliato nel consolare? Non è qualcosa di cui tutti prima o poi abbiamo bisogno? Farci consolare? Farci confortare? A meno che il punto non sia l'happy end… come se per essere considerata letteratura si debba per forza passare attraverso sofferenza e tormento… Qui ci si specchia nella felicità dei personaggi, una felicità che dà speranza e che sprona a cercare la propria che, sono sicura, tutti noi possiamo raggiungere».

Pausa. Credo non si aspettasse una reazione così veemente. Neanche tutti gli altri passeggeri, immagino. Neppure io.

Poi alla fine un pacato: «Ragazza ottimista».

«È tanto brutto esserlo? Ottimista, intendo.»

Scuote la testa pensieroso e poi mi regala un sorriso. Il primo vero sorriso da quando ci conosciamo.

«No, forse no.»

10

Nella perla del lago di Garda scenografica proprietà fronte lago, ampio parco, piscina.

Ad aspettarci alla stazione di Desenzano c'è un omone con una vecchia Punto.

Anche l'omone è in età, ma stringe Sanna in un abbraccio di imbarazzante intensità, abbraccio che il nostro ingegnere (con un certo mio stupore) ricambia con grande calore.

«Vincenzo» mi presenta «questo è l'architetto Maffei, mi aiuterà con la valutazione dell'immobile.» Architetto, mi ha chiamata architetto.

«Benvenuta, signorina» mi dice lui stritolandomi la mano «già stata a Sirmione?»

«No, mai... neanche sul lago di Garda, in realtà.» Papà è sempre stato un fanatico del lago Maggiore.

«Ah, le piacerà, vedrà!»

Mentre lasciamo la stazione verso Sirmione, Sanna e Vincenzo iniziano una conversazione da cui arguisco che l'uomo è il custode della casa della zia dell'ingegnere, ma che lui e la moglie stanno organizzando il trasloco per trasferirsi in Sicilia.

«Vincenzo, sai che non è necessario... potete rimanere per tutto il tempo che desiderate...»

«Andrea, adesso che la povera signora Elena è mancata per noi è arrivata l'ora di tornare a casa. Non c'è più ragione di rimanere qui. Ma, lo sai, c'è tempo. Non ti lasceremo solo proprio ora.»

Proprio ora? Chissà cosa deve succedere per cui Sanna non può essere lasciato solo. Probabilmente si riferiscono a questo progetto dell'albergo.

L'entrata nel centro storico di Sirmione è la più spettacolare che si possa immaginare: alla fine di un rettilineo si accede, attraverso il ponte di un incredibile castello medievale perfettamente conservato, a un insieme di stradine con case in pietra o in colori pastello, mentre sia a destra sia a sinistra la visione azzurra delle acque del lago mi fa capire che ci troviamo su una penisola protesa nel Garda.

Poi un piccolo slargo e un cancello sostenuto da colonne, al di là un vialetto che attraversa un parco.

La villa ci si presenta all'improvviso dopo una curva. È su due piani, in stile neoclassico, con colonne leggere a sostenerne la facciata e il timpano.

Ai piedi della rampa di gradini che porta all'elegante pronao, cespugli fioriti in rosa e bianco. Altri tre gradini e, superato l'alto portone in legno chiaro e vetri piombati, siamo nell'ampio ingresso, dove a delimitare gli spazi sono state poste due colonne di marmo rosa.

È l'ingresso importante di una casa di gran pregio, in cui una mano, immagino femminile, ha saputo dare grande lievità e grazia all'insieme senza nessuna caduta nel lezioso.

Le pareti tinte a olio alternano il rosa più tenue e il grigio più delicato, con un gioco di cornici in una sfumatura leggermente più scura di grigio a movimentarle.

Due grandi archi a destra e a sinistra, profondi almeno un metro, conducono alle due ali della casa; di fianco agli archi, quattro aperture rettangolari, incorniciate sempre in grigio, rendono l'ingresso ancora più luminoso.

Il pavimento è in marmo bianco con riquadrature nello stesso marmo rosa delle colonne. Il soffitto, da cui pende un grande lampadario color latte in vetro di Murano, è affrescato con la riproduzione di un cielo perfettamente azzurro, appena punteggiato da piccole nuvole bianche, intorno una ghirlanda di fiori e frutta.

Sulla parete in fondo due eleganti consolle, immagino del Maggiolini o, meno probabile, riprodotte su suo disegno, sormontate da due piacevolissime nature morte a tema fiorito su fondo scuro. Direi di scuola francese.

Mi giro per comunicare a Sanna il mio entusiasmo per questo primo assaggio di casa e mi accorgo che lui è ancora nel pronao che parla con Vincenzo e con una donna; e sicuramente non di un argomento piacevole, dato che l'uomo scuote la testa affranto e lei si sta asciugando gli occhi con una cocca del grembiule.

Quando mi scorge sulla soglia mi presenta alla moglie del custode, Ersilia, che ha decisamente gli occhi rossi.

Poi iniziamo insieme a Vincenzo il giro della villa, che è davvero ben tenuta.

«La casa l'ha costruita il mio bisnonno, un barone austriaco innamorato del lago di Garda e di Sirmione in particolare e, pur fra varie vicissitudini legate a litigi per l'eredità, è sempre rimasta in famiglia. L'ultima a viverci è stata la prozia Elena, morta pochi giorni fa a novantotto anni, anche se l'Alzheimer se l'era portata via ormai da molto tempo.» In queste ultime parole si legge dolore misto ad affetto. «In ogni caso, il bisnonno aveva fatto le cose in grande, i marmi veronesi sono stati fatti arrivare su chiatte via lago, gli affreschi sono di firme famose dell'epoca, le vetrate colorate arrivano da Murano e alcuni mobili da spogli di case veneziane, anche i camini, naturalmente.»

Le altre stanze al pianterreno mantengono le caratteristiche dell'ingresso: colori chiari, tende sui due toni del grigio, nella sala da pranzo un grande tavolo rotondo bianco in stile gustaviano come le sedie, imbottite in chintz di cotone a righe di diversi colori; fantasia e colori che ritroverò anche nelle poltroncine dei due salotti, di cui uno contenente un meraviglioso Steinway. Una grande sala da ballo vuota. La sala dei giochi col biliardo, la notevole biblioteca. In tutti gli ambienti mobili importanti coevi alla data di costruzione della casa. Sui mobili e sul pianoforte alcune foto di una donna bionda e sottile. A volte sola e a volte con due bambini. La madre di Sanna, sarei pronta a scommettere.

L'ingegnere si volta verso Vincenzo con fare interrogativo. Non gli è necessario parlare che l'uomo subito si giustifica: «Sai com'è, l'Ersilia... le voleva così bene».

«Toglietele, per favore.» La voce è pacata ma c'è del metallo nel tono. Del titanio, direi. In ogni caso, non una grande dimostrazione di amore filiale, ammettiamolo.

Quindi visitiamo la cucina che, chiaramente, non viene usata da molto.

«Ai pasti ci pensava Ersilia, portandoli dalla nostra cucina a qui, alla signora e alle infermiere» ci spiega Vincenzo.

Al piano superiore otto camere da letto con bagno e salottino attiguo. Ne vediamo due, quelle destinate agli ospiti, Sanna poi si ferma davanti alla terza, sembra esitare.

«È aperta, Andrea, ora puoi entrare.»

Ma lui scuote la testa, sospira e poi dice: «Mi pare che abbiamo visto tutto, grazie, Vincenzo. Ho un impegno ora, un appuntamento dal notaio Bigli», e mentre il custode si allontana, mi mette a parte dei suoi piani.

«Devo andare a Lazise, dal notaio. Le farebbe piacere venire con me? Non ci metterò molto e lei potrà girare per il paese, che, le assicuro, merita.»

Posso dire di no? Certo, muoio dalla voglia di entrare in *quella* stanza, ma adesso si va dal notaio e quindi…

Però non abbiamo fatto i conti con Ersilia che ci manda a dire, attraverso il marito, che il pranzo è pronto.

E nessuno ha intenzione di declinare l'invito.

La casa dei custodi diventa immediatamente il mio ideale di casa. Lontana dall'edificio principale, che da qui non si scorge nemmeno, è bianca con le persiane grigie e un portoncino azzurro che mette allegria; due cipressi sottili ed eleganti a incorniciarla, un rampicante supervitaminizzato a colorarne la facciata con tocchi di verde e rosa vivace, una cucina quadrata che affaccia su una terrazza protesa sul lago come la prua di una nave e da cui ci si può tuffare nell'acqua più intensamente blu che io ricordi di aver mai visto. A ombreggiarla, un enorme pino marittimo. Qui i colori e i profumi sono proprio mediterranei.

Mangiamo in cucina in un'atmosfera calda e familiare, e questo mi dice molto del rapporto che li lega a Sanna. Lui e Vincenzo parlano di lavori da fare alla proprietà e il custode è prodigo di consigli direi paterni; durante il pranzo, non mi sfugge la tenerezza con cui Ersilia tratta l'ingegnere mentre gli serve quello che pare essere il suo piatto preferito: il risotto con la tinca. Una vera bontà, come la strepitosa torta al limone che segue.

Dopo, però, ho una brutta sorpresa perché, invece di dirigerci alla macchina, andiamo verso una piccola costruzione in legno su palafitte. Una rimessa per barche. Ecco, a Lazise andremo in barca.

Una barca in legno.

«Ci metteremo una mezz'ora, il motore è un 20hp, arriva ai 10 nodi.» Credo sia una buona notizia, ma io salgo e mi aggrappo ai bordi.

Lui mi osserva divertito: «Non mi dirà che ha paura *anche* dell'acqua?».

No, non lo dirò.

«No, assolutamente no… Ma quanto tempo ci vorrà?» Scelgo un tono mondano e pare che lui ci caschi.

«Venti minuti, mezz'ora al massimo» ripete gentile. «Vedrà, sarà piacevole.»

Certo, basterà non pensare che fra me e gli abissi c'è solo un fondo di assi.

«Uhm… e quanto è profondo questo lago?», giusto per sapere.

«Nel suo punto di maggior profondità circa 350 metri» e lo dice come se fosse una cosa normale avere tutta quest'acqua sotto i piedi.

Deglutisco.

«Ma qui, dove il lago è più largo, si arriva al massimo a un centinaio.»

«Ah.» Notizia non così rassicurante per me, che illogicamente speravo si toccasse. Pensa ad altro, Bianca. Pensa ad altro.

All'inizio pensare ad altro mi riesce facile perché la costa di Sirmione è un susseguirsi di meraviglie: ville con parchi, eleganti case a filo dell'acqua, giardini fioriti, macchie di oleandri, cipressi e pini marittimi; ma poi si punta al largo.

«Vede?» mi dice indicando la riva opposta, troppo lontana. «Lazise è proprio lì di fronte.»

«Ah.» Lontanissima.

Ok, devo distrarmi. Parliamogli di lavoro. Anche se adesso, senza giacca, con le maniche della camicia arrotolate, i mocassini indossati a piedi nudi, gli occhiali da sole e i capelli scompigliati dal vento, non assomiglia più tanto all'ingegner Sanna che conosco.

«Volevo dirle…» lo informo un po' incongruamente urlando sopra il rumore del motore «che i computi sono pronti.»

Lui annuisce, ma temo non abbia sentito nulla. Oppure non è interessato a parlare di lavoro.

Non mi resta altro da fare che tenere lo sguardo alternativamente su di lui, sul cielo privo di nuvole e sulla costa che con troppa lentezza si avvicina. Soprattutto su di lui, lo confesso.

Poi, finalmente, ecco apparire la maestosa dogana, il delizioso porto e il lungolago di Lazise: siamo arrivati.

Lancia la cima e con eleganza sale sul molo, poi mi allunga la mano per aiutarmi a salire a mia volta.

«Maffei, io ne avrò per circa un'ora, ci vediamo alla dogana» e si allontana veloce in direzione delle strette viuzze del centro.

Per prima cosa vado verso il lungolago e lo percorro tutto fino alla marina, ed è bello passeggiare vicino all'acqua all'ombra degli aranci, con le papere e i cigni che nuotano sereni e incuranti della gente che affolla la passeggiata. Poi mi siedo in uno dei numerosi bar pizzeria per un caffè, ma devo dire che sono molto tentata dalle pizze che mi passano sotto il naso, nonostante siano le tre del pomeriggio, e dai grossi bicchieri di gelato. Quindi vado a visitare il centro e lì scopro che anche Lazise ha il suo castello che accoglie i visitatori all'entrata del paese, che ha dei portici con bellissimi negozi, delle vie strette e caratteristiche e una via d'accesso fiorita, ma che il suo pezzo forte rimane sicuramente la dogana. Mentre mi avvicino cerco su Google qualche notizia e scopro che l'edificio, una costruzione in pietra grigia, nei primi anni del Seicento rappresentava il punto di confine per il transito della merce tra la Lombardia e la Repubblica di Venezia. È posta direttamente sul lago, in un luogo di grande fascino che ora viene adibito all'organizzazione di eventi. Lo guardo mentre sono ancora dall'altra parte del porto e penso che non sia niente male sposarsi lì. Poi vedo lui. È seduto su una panchina davanti alla dogana, accanto a sé ha una scatola e sta fissando il lago.

Quando lo raggiungo si riscuote e mi sorride. Di nuovo un vero sorriso.

«Eccola qui!», persino un filo di entusiasmo.

Io indico la scatola con la mano: «Ha fatto acquisti?».

«No.» Scuote la testa pensieroso. «Non ci crederà, ma questa scatola è parte dell'eredità.» Sono stupita che mi faccia questa confidenza.

«Spero contenga un tesoro, allora.»

«Qualcosa di simile… qualcosa di bello e inaspettato, ma, allo stesso tempo, sconcertante.» Rimango in attesa di dettagli. Ma, ahimè, invano.

Al ritorno, seduta in barca, la scatola vicino a me attrae tutta la mia curiosità. Prima ci poso una mano, poi comincio a tamburellarci sopra e alla fine: «Ma esattamente che cosa contiene questa scatola?» e mi rendo conto che è una domanda assolutamente fuori luogo.

Ma lui non ne è irritato, e mi risponde cortese: «Lettere, contiene delle lettere».

«Delle lettere! Bello!» E qui la mia curiosità si deve fermare, perché non c'è un modo educato (anche se per qualche minuto provo a cercarlo) per avere maggiori informazioni sul tipo di lettere. Quindi tento di distrarmi e domando: «Che cos'è quella?», indicando una strana, lunghissima imbarcazione con quattro vogatori.

«È una bissa… tipica di questo lago, tra giugno e agosto qui si tiene il Palio, a cui partecipano diciotto comuni lacustri» mi spiega stranamente loquace.

E per qualche minuto rimango a guardare la scia creata dalla barca nei colori morbidi del tardo pomeriggio.

Poi mi indica l'isola dei Conigli, lo Scoglio dell'Altare, il monte Baldo e le città che si affacciano sul lago, Salò, Desenzano… e siamo subito a Sirmione.

Appena scesi dalla barca mi guarda e: «Cosa ne dice di dare un'occhiata al parco?».

Io in realtà pensavo di fare un sopralluogo al sottotetto della villa, da cui, ci scommetterei, si potranno ricavare altre camere da letto, ma lo seguo senza fiatare.

Quindi mi conduce sul retro fino a una terrazza semicircolare sostenuta da colonne da cui si gode una spettacolare vista sul giardino e sul Garda. Una visione verde e azzurra.

Da lì scendiamo per visitare il parco.

Fra noi e il lago un prato all'inglese incorniciato da grandi alberi, poi una piscina quasi a sfioro e un grande pontile che si protende nell'acqua.

Dietro un gruppo di oleandri un campo da tennis in terra rossa ormai in disuso.

«Molto bello qui, piscina, campo da tennis… pensato per degli sportivi, direi.»

«Be', principalmente per me e mio fratello, che qui abbiamo trascorso alcuni anni dopo essere stati… affidati alla prozia Elena; lei era vedova da molto tempo e non aveva avuto figli.»

«Un paradiso per dei ragazzi…»

«Sì… devo dire che qui, nonostante tutto, ho vissuto le estati più belle che un ragazzino possa desiderare… giravamo tutto il lago in bicicletta o uscivamo con un piccolo dinghy, giocavamo a tennis sotto il sole estivo fino a sfinirci e poi correvamo a buttarci nel lago da quel pontile laggiù… ci spogliavamo strada facendo…»

Sorride, trasportato dal ricordo a quelle estati. Ed è chiaramente un bel ricordo perché prosegue: «L'acqua lì è profonda e gelida, noi facevamo a gara a chi riusciva a resistere di più in apnea, e vinceva sempre Giacomo».

«Nel lago, non nella piscina, da veri uomini» dico, giusto perché questo momento di confidenze non si interrompa.

«La piscina… ecco, la piscina è arrivata dopo… per Giacomo.» Questo risveglia ricordi cupi e lui improvvisamente si rabbuia.

Ora siamo vicino al lago. Il cielo dà spettacolo con un tramonto in tutte le sfumature dei colori caldi, dal giallo al rosso passando per l'arancio, fino a spegnersi con un lampo di luce viola.

«E com'era vivere qui durante il resto dell'anno?» Con la coda dell'occhio vedo che alza le spalle con un gesto noncurante, ma continua a raccontare.

«Si andava a scuola, si praticavano degli sport… Il liceo era il Bagatta di Desenzano. Io allo scientifico, Giacomo al classico. Ci portava Vincenzo. Io ero lo studioso, Giacomo il fascinoso. Già bellissimo a quattordici anni e sempre circondato da ragazze. Lui ha due anni meno di me, ma l'ho sempre considerato il mio migliore amico.»

Com'è che non sono stupita che lui fosse un secchione? Ma comincio a temere che questa storia non avrà un lieto fine.

«Una zia e due nipoti a dividersi questa meraviglia…», e mi volto a guardare la villa e il parco. Il posto è veramente idilliaco. «Una vita da sogno, quindi.»

«Sì, se la vogliamo definire così…»

«Non è stato facile?»

«Più che altro complicato. La prozia ci voleva bene, di quell'amore un po' impreparato di chi, già anziano e da molti anni solo, non si aspettava di trovarsi a crescere dei figli non suoi. Non si è mai interessata dei nostri risultati scolastici, per esempio. Credo che non sia mai andata a parlare con i nostri insegnanti ed era Ersilia che si preoccupava che mangiassimo e che andassimo in giro adeguatamente vestiti, "caldi d'inverno e freschi d'estate" ripeteva sempre.» Sorride di nuovo, è un ricordo tenero di chi si occupava di loro. «La zia però ci leggeva Goethe in tedesco, ci ha insegnato a suonare il pianoforte e ci ha tenuto che imparassimo a tirare di scherma e a sciare, e che viaggiassimo. Finché Giacomo...»

Vedo le dita stringersi attorno alla balaustra, le nocche sbiancarsi. L'ho detto che non finiva bene.

«Finché Giacomo?» lo incalzo senza riuscire a trattenermi.

«Finché Giacomo non ha cominciato ad avere qualche difficoltà di coordinazione. Niente che non potesse essere considerata banale goffaggine. Anche se lui goffo non lo era mai stato. Inciampava, a volte cadeva. Ne ridevamo. Poi un giorno, durante un incontro di scherma, gli è caduto il fioretto e non è più riuscito a impugnarlo.»

Non posso credere che Mister Polo Nord mi stia raccontando della sua vita, di una parte così dolorosa della sua vita, oltretutto. Eppure...

«Mi immagino la preoccupazione» commento solidale.

«È stata Ersilia ad allarmarsi e a insistere per portarlo a un controllo...» Sospira, è chiaro che non gli è facile ricordare quei giorni, la voce è piana ma la sofferenza si intuisce. Tutta. «Con le cure è stato bene per anni, si è laureato e poi è rimasto in università, prima assistente e poi docente di filologia germanica.» Scuote la testa. «Chi l'avrebbe mai detto! Scherzando diceva che la malattia gli aveva "fatto mettere la testa a partito", poi un peggioramento improvviso che le cure non sono più riuscite a contrastare... il bastone, la sedia a rotelle... quindi la tetraparesi... quando le cose sono ulteriormente peggiorate sono rientrato da Londra, ho trovato questo centro per la riabilitazione a Verate. E mi sono trasferito. Per stargli vicino.» Giacomo, il ragazzo sulla sedia a rotelle.

«Di quale malattia soffre?»

«Di una malattia genetica molto rara, una delle poche che si trasmettono da padre a figlio, la causa è una mutazione dei geni paterni.»

«Chissà che dolore per vostro padre...»

«Nostro padre non è vissuto abbastanza per vedere i suoi geni impazzire nel corpo di suo figlio minore.»

«E suo fratello… come ha reagito alla malattia?»

«Non prendendola sul serio, come da sua abitudine, ha persino iniziato a firmarsi Giacomo OGM Sanna… be', almeno finché ha potuto farlo.»

«E ora come sta?» chiedo sommessamente temendo la risposta.

«Ci sono giorni buoni e giorni meno buoni…» alza le spalle e un sospiro gli esce dritto dal cuore.

«Mi dispiace. Molto» e sono sincera. Mi dispiace per lui e per quel ragazzo sorridente.

«Diciamo che ha perso alla roulette genetica. Anche se in realtà vincitori non ce ne sono stati…»

Un attimo di pausa, poi si scuote e torna al qui e ora: «Bene, direi che abbiamo visto tutto… Cosa ne dice? Potrebbe essere trasformata in un hotel?».

E allora anch'io torno qui, dopo aver visitato il mondo inesplorato dei Sanna. Ci torno un po' confusa e alquanto scossa.

«Sicuramente sì.» E, a essere sincera, penso non avesse bisogno di saperlo da me.

«Se ne vorrebbe occupare per mio conto?»

«Be'… sì, volentieri.»

«Parlerò io a Volpe e poi discuteremo dei dettagli economici che, vedrà, non la deluderanno.»

I dettagli economici? Per un momento ho pensato di essere io a dover pagare lui. E l'idea non mi è sembrata neanche tanto assurda.

«Va bene», dovrò trasformare questa meravigliosa casa in un albergo. Fantastico.

«Al piano inferiore l'intervento sarà minimo, le camere naturalmente andranno ristrette, ora ogni camera occupa almeno quaranta metri quadri, certo ci sarà da valutare la portata della soletta… e poi si potranno ricavare altre camere dal sottotetto, inserendo delle cappuccine, magari.»

Visto che non aveva bisogno di me?

Si torna a casa in macchina. Parola un po' grossa in verità.

Perché la macchina si rivela essere un'auto d'epoca e per l'esattezza una Lancia Aurelia B24 coupé, come mi spiega Sanna con il tono di chi annuncia un reale in visita. A me sembra solo una scatolina troppo piccola e troppo bassa per gli standard attuali.

E infatti, una volta che mi ci sono seduta, mi sento a livello marciapiede. In autostrada ci guardano tutti dall'alto in basso, con ammirazione magari e persino con invidia, ma sempre troppo dall'alto per i miei gusti.

«Era la macchina del marito della prozia Elena. Lei l'ha tenuta per tutti questi anni come una reliquia, facendola revisionare e pagando la tassa di circolazione per lasciarla nella rimessa. Io e Giacomo abbiamo imparato a guidare qui sopra. Adesso si dovrà decidere cosa farne.»

E siamo troppo, troppo vicini.

Mi sento in qualche modo turbata. Ma penso anche a quel suo gesto gentile di chiedere a Ersilia un foulard per tenere la mia chioma imbrigliata giusto per il viaggio. Un'attenzione inaspettata.

Passata Brescia, imbocca l'entrata di un Autogrill.

«Che ne dice di mangiare qualcosa? Torneremo che sarà già piuttosto tardi.»

«Bene, sì.» Ma sono in quella strana terra di nessuno che sta fra il sensato desiderio di arrivare a casa al più presto e quello insensato che il tempo si dilati all'infinito.

«Mi permetta di offrirle una Rustichella o un Camogli…» mi dice con un guizzo sorridente.

«Solo se potrò avere anche una treccia alla crema» e sono seria.

«Dimenticavo il suo appetito insaziabile.»

Insaziabile, esagerato!

Nel giro di poco mi trovo seduta di fronte a lui che addento una focaccia Camogli sorseggiando Coca-Cola («Ho pensato fosse il giusto accompagnamento del suo pasto» ha spiegato, forse crede che io abbia dodici anni), mentre lui mangia sobriamente un panino con il prosciutto crudo bevendo acqua naturale (Parco è il suo secondo nome).

Ma, con una mia certa sorpresa, scopro di sentirmi a mio agio. E quando lui mi domanda: «Oggi le ho raccontato molto di me, vorrebbe dirmi qualcosa di lei?», evito di rivelare alcunché di divertente e bizzarro (eppure potrei trovare in pochissimo tempo due o tre cose veramente originali circa i miei gusti o la mia vita) e mi limito al minimo sindacale: «Lei sa già molto di me… laurea in Architettura, padre con fabbrichetta, sorella gemella avvocato…».

«Ma, per esempio, cosa fa quando non lavora?»

«Be', leggo, amo la letteratura angloamericana, Haruf, Strout, Greer, vado al cinema, adoro le commedie inglesi ma un film che ho molto amato è stato *Manchester by the Sea* dove proprio non si rideva per niente, mi piace camminare ma passo moltissimo tempo davanti al computer, Netflix è una condanna per me e ho una dipendenza da *binge watching*…» Sorride a questa mia esagerazione. Ha degli occhi molto belli. E quel suo modo di sistemarsi gli occhiali ponendo due dita al centro. E si è fatto crescere i capelli, che ora sono stati un po' spettinati dal vento.

«E viaggiare, le piace?»

«Sì certo, moltissimo, soprattutto in Occidente. Adoro la Scandinavia, per esempio. E poi ho il mio quotidiano webcam tour.» E così, alla fine, una delle mie bizzarrie l'ho rivelata.

«Come sarebbe?»

«Seguo delle webcam, la mia preferita punta sulla piazza di Lerwick nelle Shetland...»

«E cosa si vede?» Sguardo fra l'interessato e l'incuriosito. E una luce divertita negli occhi che molto gli dona.

«Praticamente niente, succede davvero poco, considerando che è il centro principale di quelle isole. Piove spesso però.»

Lui ha finito di mangiare, io ho ancora la treccia alla crema.

«E cosa mi dice di questo suo nuovo lavoro? Le piace?»

Alzo le spalle.

«È meglio di quanto credessi» anche se emotivamente molto più coinvolgente di quanto pensassi «ma, come le dicevo l'altro giorno, mi manca la vita di cantiere.»

«In fondo però questo non è il completamento del suo lavoro precedente, la chiusura del cerchio? Le case si costruiscono perché poi qualcuno le abiti e le faccia vivere.»

«Be'... sì, è vero.» E su questo dovrò molto riflettere.

Parliamo del progetto relativo alla casa, lui ha delle idee molto chiare. Scopro che è un progettista, sa come muoversi e che risultato ottenere.

«Lei è decisamente del mestiere.»

«La nostra società si occupa soprattutto di recuperi e ristrutturazioni di grandi edifici. È la nostra *mission*, se mi perdona il termine, non costruire ma far tornare in vita gli edifici dismessi o le aree da rigenerare o da sviluppare, spesso in partenariato con le amministrazioni pubbliche.» Ma guarda che bel lavoro che fa! E io mi vergogno di aver pensato che fosse uno squalo.

Per un gesto di pura cortesia (non di certo perché io mi senta in colpa) gli offro metà della mia treccia. E mi aspetto un cortese rifiuto, invece lui, con mia grande sorpresa, accetta. Non so se chiamare disappunto o piacere l'emozione che questo mi suscita.

E quindi divido la treccia, gli porgo una metà, poi colgo il suo sguardo divertito mentre mi lecco la crema dalle dita e…

«C'è qualcuno nella sua vita? Moglie… fidanzata… che l'aspetta a Londra?» Perché Bianca, perché?!

Se ne è sorpreso o infastidito non lo dà a vedere. Poi si china leggermente sul tavolo: «No, Bianca, nessuno. Né a Londra né in qualsiasi altra parte del mondo. E nella sua di vita?».

«N-no… nessuno» balbetto. Io ho fatto una domanda fuori luogo e lui mi ha chiamato di nuovo Bianca.

Dura un attimo. È una tensione strana ma chiaramente percettibile. Nasce dal suo sguardo, nasce dal mio imbarazzo. Mi alzo di scatto con un'urgenza assolutamente ingiustificata. Lui rimane seduto e mi squadra con un sorriso impertinente che gli balla agli angoli della bocca.

«Ha fretta, Bianca?»

«No… no, ma sarà ora di andare, giusto?»

«Giusto.»

E si torna a Verate.

Sanna si ferma davanti alla trattoria, dove, come sempre, c'è animazione fra tavoli e ombrelloni.

Va da sé che una macchina così desti curiosità e a me tutti quegli occhi addosso mi mettono a disagio. Ho fretta di scendere e allungo veloce la mano cercando di aprire la portiera mentre dico «Bene, allora a domani», con un tono che vorrebbe trasmettere professionalità e sicurezza e che invece, già alle mie orecchie, suona quantomeno strano. Quello che voglio è porre fine a questa situazione imbarazzante. Almeno per me.

Ma la portiera sembra non collaborare, perché, nonostante i miei sforzi, rimane saldamente chiusa.

E a questo punto lui pronuncia le prime parole da quando abbiamo lasciato l'Autogrill.

«Lasci fare a me… quando fa così… c'è un trucco.»

E allunga il braccio verso la leva di apertura della portiera ed è vicino, talmente vicino che posso sentirne il respiro.

Il suo corpo proteso verso il mio. La sua spalla contro la mia. Il suo braccio che mi sfiora.

«Ecco, così… vede… bisogna prima spingere verso destra e poi…»

Ok, devo assolutamente uscire da qui il più presto possibile.

Ma quando mi giro verso di lui per ringraziare dell'aiuto mi trovo il suo viso a pochi centimetri dal mio.

Il suo viso.

E le sue labbra. Qui, vicine alle mie.

Rimaniamo due secondi immobili, gli occhi negli occhi.

Nei suoi leggo qualcosa di nuovo e inaspettato, nei miei credo lui legga solo confusione.

Quando il bacio arriva è incredibilmente dolce.

E io, anche se colta di sorpresa e contro la mia volontà, mi trovo ad aprire le labbra e ad assecondarlo, e me lo godo tutto questo bacio che, lo voglia ammettere o no, desideravo.

Alla fine, prima di allontanarsi, posa di nuovo per pochi secondi la bocca sulla mia e poi si scosta; io, raccolto quel po' di buonsenso che mi è rimasto, senza guardarlo e senza proferire parola, mi precipito fuori mentre la sua voce mi segue chiamandomi.

E in quel momento mi rendo conto dello spettacolo che abbiamo offerto agli avventori della trattoria, che ora distolgono veloci gli occhi e riprendono con falsa sollecitudine le attività in cui erano impegnati prima dell'intermezzo romantico, se così vogliamo definirlo.

Ed è solo il tentativo di darmi un contegno che, mentre mi dirigo quasi di corsa verso casa, mi impedisce di portarmi le dita alle labbra per trattenere ancora per un attimo il calore e il sapore di quel bacio.

11

Nel cuore di Parigi, 115 mq di design in un prestigioso edificio in stile Art Déco.

Per assurdo che sia, è stata Nuccia a imprimere una svolta al processo di riconciliazione con Irene.

È venuta a portarmi un mazzo di fiori (ortensie, rose e rosmarino fiorito) prelevati dall'abbondante produzione dell'orto/giardino di famiglia e, mentre li sistemava su una delle mensole, ha notato la mia tesi e l'ha presa in mano.

«Bianca Maffei e Irene Principe, *La nuova stazione di Bergamo, una prospettiva architettonica tra città consolidata e città estesa.* Suona interessante! E chi è Irene Principe?»

«La mia migliore amica… o forse lo era, non so.» E all'improvviso mi torna alla mente il periodo faticoso ma esaltante vissuto mentre preparavamo la tesi.

«Com'è che non lo sai?» chiede fissandomi con occhi color verde inquisizione.

«Sono successe cose che… insomma, è un po' complicato.» Faccio un cenno vago, giusto per non dare importanza alla cosa.

«E adesso?» Proprio da Nuccia non mollare il caso.

«E adesso forse non ho più una migliore amica.» Cerco di dare alla frase un'intonazione scherzosa ma è chiaro che non la traggo minimamente in inganno perché mi guarda severa e poi: «Bene, parliamone!».

Parliamone?

«Ma *esattamente* cosa è successo?» Il tono, mentre si accomoda su una sedia vicino a me, è professionale. Io sono seduta sul divano. La scena rimanda vagamente a una puntata di *In Treatment* con un Sergio Castellitto decisamente più giovane e carino.

Ma io, invece di mettermi a ridere, sotto quello sguardo compreso e comprensivo mi metto a raccontare. Di Irene, di Piergiorgio, della delusione del lavoro perso, del grande dolore di scoprire che lei non mi avesse neanche accennato a quello che provava per Mat, di come avesse utilizzato questa loro storia per mantenere il lavoro e del rancore che non riuscivo a dissipare.

«... capisci?» Ma mi può capire questa preadolescente? E mi sento un po' stupida.

«Credo che non ti avesse raccontato niente perché se ne vergognava, no? È veramente triste che ancora oggi una ragazza debba avere una storia con un uomo per poter lavorare. *Storie della buonanotte per bambine ribelli* non le ha insegnato nulla?»

Pausa. Io proprio non so cosa dire. Però ha decisamente capito.

«In ogni caso, come dice sempre la nonna, quando si chiude una porta si apre un portone. E tu adesso sei qui, da noi. Te la stai cavando da sola. Non ti senti estremamente orgogliosa di te?»

Mi sento?

«Se fossi in te cercherei di riallacciare i rapporti con questa Irene. Un'amica è necessaria. Lei ha bisogno di te, tu hai bisogno di lei. Si deve avere qualcuno con cui ridere, piangere e condividere segreti, no? Io non ci rinuncerei.»

E scopro che è vero, è proprio tutto lì, perché dovrei rinunciarci? E me lo dovevo far spiegare da una ragazzina! Una ragazzina molto saggia, però.

A proposito…

«Nuccia, scusa, c'è una cosa che volevo chiederti… come ti poni nei confronti delle formiche?»

E così ho chiamato Irene e le ho proposto di uscire a cena: «Offro io, devo sdebitarmi per l'aiuto che mi hai dato con il computo delle spese…».

«Senti… e se io rilanciassi con un fine settimana a Parigi? Un amico mi lascia il suo appartamento per il prossimo weekend, cosa ne dici? La cena potrai pagarmela là» è la sua proposta entusiasta.

E nell'euforia dell'idea di trascorrere due giorni in una delle mie città del cuore con lei non mi fermo a riflettere su quale «amico» possa possedere una casa a Parigi.

Quando chiudo la telefonata e mi rendo conto che il proprietario dell'appartamento può essere solo Piergiorgio è troppo tardi per tirarmi indietro.

E poi ho bisogno di allontanarmi da Verate. Incredibile ma vero, dopo avermi raccontato una parte dolorosa della sua vita, aver condiviso una treccia alla crema rivelandogli qualcosa della mia, e, non ultimo, avermi baciata al ritorno da Sirmione (a tradimento e sulla pubblica piazza), quella vera primula rossa di Andrea Sanna è di nuovo sparito. E una mia indagine discreta mi ha confermato tramite Alessandra che da giorni l'appartamento sopra di lei è vuoto.

E anche se mi rendo conto che la sua vita è resa complicata dalla malattia del fratello e, immagino, da due o tre impegni lavorativi, essendo C.E.O. di una società immobiliare di livello internazionale, è anche vero che mi sarei aspettata non dico una telefonata ma almeno un messaggio. Insomma, stare lontano da qui anche solo per un fine settimana mi farà bene.

E poi tutte le ragazze mi girano intorno cercando l'occasione per porre domande. Meglio mettere qualche centinaio di chilometri fra il bacio e la loro, pur affettuosa, curiosità.

Ci si è messo anche il geometra Volpe a rigirare il coltello nella piaga. In una delle sue apparizioni dall'alto della scala, si è complimentato con me: «Ho visto la proposta che Sanna ti ha inviato per il lavoro che dovrai fare a Sirmione... decisamente generosa».

E non faccio in tempo a chiedergli com'è che abbia potuto vederla, dato che mi è arrivata sulla mia casella di posta, che lui prosegue compiaciuto: «Mi piace come ti stai muovendo, prima prendi casa alla Trattoria Moretti che secondo me è il cuore nevralgico di Verate, poi ti fai amico Sanna, cosa tutt'altro che facile, è così che si fa, brava! "Stai affamata, stai pazza", sempre».

E io rimango lì a fissarlo senza il coraggio di dirgli che tutta questa mia capacità di tessere relazioni proficue, come la vede lui, è solo frutto del caso e che sulla mia "amicizia" con Sanna ci sarebbero capitoli da aprire.

Poi arriva il momento di partire per Parigi.

Durante il volo io e Irene tracciamo un programma di massima, abbiamo due giorni e quindi si dovrà vedere (o meglio rivedere) solo il meglio del meglio (secondo i nostri parametri, naturalmente).

Al Louvre la collezione egizia (soprattutto il Codice di Hannurabi e lo Scriba seduto), la Venere di Milo e la Nike di Samotracia.

Il Marais per i falafel, per i negozi e per sederci sull'erba della place des Vosges con le *frites*.

Al d'Orsay tutto ma soprattutto il *café au lait* del Café de l'Ours bevuto sedute davanti al grande orso bianco di François Pompon.

Tutti e sette i piani dei magazzini Lafayette, magari più volte (su proposta di Irene).

La Défence (su mia proposta).

Il Centre Pompidou no, perché secondo Irene è un progetto

non riuscito. («A te pare riuscito? Sembra un gigantesco carrello della spesa» è il suo severo giudizio.)

Nei quarantacinque minuti di RER B per arrivare a Notre-Dame lei mi racconta dello studio, di chi è andato via (non di sua sponte, vorrei ricordarle) e dei pochi rimasti, e di come si cerchi di sopravvivere con il personale dimezzato e con poche commesse all'attivo ma con buone prospettive per il futuro.

«Manchi a tutti. Anche Locatelli mi chiede sempre di te. Vedrai, Bianca, che appena le cose andranno meglio Piergiorgio ti riassumerà» mi rassicura.

«Speriamo.» In realtà non so se voglio tornare da loro. Forse preferirei un altro studio. Sento di aver chiuso quella porta: rimango in paziente attesa di poter aprire un portone.

L'appartamento si trova in rue de Verneuil sulla Rive Gauche, a pochi minuti dalla Sorbona, dove, mi ricordo, per anni Piergiorgio ha insegnato arti plastiche e scienza dell'arte alla facoltà di Lettere.

Un palazzo solidamente borghese in una zona elegante, bellissimo l'atrio Art Déco ed elegante l'ascensore in legno e vetri lavorati che ci porta al terzo piano.

Nell'ingresso dell'appartamento è appesa una bici con telaio in titanio dal design avveniristico, comincio a pensare che Mat abbia una specie di inclinazione feticista per i mezzi di trasporto. Sulla consolle una foto della famiglia. Completa di moglie. Irene non la vede o fa finta di non vederla.

Anche in questo appartamento dominano il bianco, il legno sbiancato e il metallo come nell'arredamento dello studio. Molti i pezzi di design immancabili nella casa di un architetto: la *chaise longue* di Le Corbusier, il tavolo Tulip ovale di Saarinen e le sedie Ghost di Starck. Il divano è un Orla di Cappellini come di Cappellini sono anche le due S-chair in paglia di palude messe a capotavola.

Nessun volo pindarico, insomma. Nel bagno una enorme e respingente doccia rivestita in pietra lavica. Nella camera padronale invece un rassicurante letto matrimoniale della B&B con testata imbottita.

Abbiamo preso il primo aereo da Linate e quindi adesso sono le dieci, decidiamo di andare al d'Orsay in bicicletta con il servizio Velib. Ma a me queste biciclettone grigie fanno un po' ridere e non le trovo molto maneggevoli. Certo c'è anche da dire che io sono diversamente agile.

Alla fine, però, fra molte risate (che hanno avuto il merito di stemperare le ultime ombre di imbarazzo), siamo pronte a goderci la città.

La giornata è calda ma non afosa. Andare in bicicletta per Parigi un sogno. Sempre che qualche tassista non ti tiri sotto.

Al d'Orsay facciamo una discreta coda ingannando il tempo inventandoci storie sulle vite delle persone in fila davanti e dietro di noi. Finché scopriamo che il signore fuori forma in calzoni corti e camicia stazzonata tre posti davanti a noi che io avevo immaginato essere un macellaio di Quimper venuto al museo solo per vedere *L'origine du monde* è invece un notaio di Asti, presidente della locale Azione Cattolica. La smentita arriva (con ammirevole aplomb) dalla moglie, in fila proprio accanto a me.

Passiamo tutto il tempo della visita a cercare di evitare la coppia che, naturalmente, ci troviamo fianco a fianco dovunque, anche al Café de l'Ours mentre bevono caffè e mangiano macarons.

A poco a poco il nostro affiatamento, la nostra complicità riaffiorano dalla palude di delusione e rancore dove li avevo fatti sprofondare, ed è un tale sollievo per entrambe che continuiamo a ridere come due adolescenti in gita.

Terminato il giro di tutto il museo (alla fine a vedere *L'origine du monde* ci siamo finite anche noi, senza però l'esigenza di osservare il quadro così da vicino come invece pare debbano fare i numerosi uomini presenti), decidiamo di attraversare la Senna sul ponte della Concorde, attraversare l'omonima piazza e dirigerci verso il Boulevard Haussmann.

Alle Galleries Lafayette (che sono un po' la Sainte Chapelle di Irene), dopo aver visitato ogni chiosco di ogni piano compresi il reparto casalinghi e prima infanzia, saliamo per le scale fino al settimo livello, dove si trova la meravigliosa terrazza arredata con divanetti e da dove possiamo ammirare il panorama di Parigi, con l'Opéra proprio di fronte, bevendo Pernod e mangiando un'*assiette de charcuterie* che è tutto quello che possiamo permetterci in questa vera e propria fiera della vanità.

Ci soffermiamo a discutere sulla stranezza che nel tempio del lusso francese persino un popolo ad alto contenuto sciovinista e protezionista come i nostri cugini d'oltralpe è capitolato all'uso dell'inglese, dando al locale il nome di Cube bar.

Poi, stanchissime, torniamo verso l'appartamento. Prima passiamo nella fornitissima *boulangerie* sotto casa dove prendiamo due fette di *tarte tatin*.

E dopo esserci preparate un tè nella grande cucina Poggenpohl, dove credo nessuno abbia mai cucinato un pasto tanto è bianca e lucida, ci sediamo sul divano e ce la raccontiamo mangiando e sorseggiando. O meglio, Irene me la racconta.

Mi dice che amare un uomo come Piergiorgio è bellissimo, ma anche difficile.

«Un uomo capace di darti tantissimo, ma con delle zone grigie a cui io non posso accedere. È estremamente frustrante...»

Ma va? Che sorpresa!

«Sai, adesso lui è a Megève con la sua famiglia, ha tre figlie che adora e che perderebbe se lasciasse la moglie.»

Cosa devo dire? Che di queste storie ne ho lette e sentite decine e che nessuna è mai andata a finire con l'amato che lascia la moglie?

Soprattutto se lei è la figlia del tuo socio e finanziatore. Ma so che sarebbero parole al vento. Le dinamiche di coppia sono sempre imperscrutabili.

«Credo che dovrai fartene una ragione allora… e prendere solo quello che ti può dare.»

«Lo so, lo so… ma non devo pensarci, perché se ci penso mi viene da impazzire. Non voglio sapere niente della sua famiglia o di quello che fa con loro. Non voglio mi racconti nulla, non voglio pensarlo là con loro perché preferisco ignorare quella parte della sua vita…»

«Una parte piuttosto sostanziosa e sostanziale, direi.» E poi non so se il metodo struzzo funzioni, in realtà.

«Sì… sì lo so! Ma io sto con lui tutto il giorno durante la settimana… e lui si ritaglia un paio di sere per noi, ma non so per quanto questo mi basterà. Ho accettato le chiavi di questo appartamento solo perché mi ha giurato che qui la moglie non è mai venuta… non l'avrei sopportato.» Che la moglie qui non ci sia mai stata la trovo una cosa altamente improbabile.

Ma davanti alle lacrime (forse di rabbia, sicuramente di frustrazione) di Irene non me la sento di infierire né di giudicare.

Sono passate solo poche settimane da quando sosteneva con grande sicurezza che non si aspettava lasciasse la moglie per lei e che le andava bene così. E ora…

Rimaniamo a sviscerare le implicazioni del triangolo amoroso fino a quando crolliamo nel grande lettone.

Domenica mattina scendo a prendere due *pain au chocolat* e due caffè d'asporto. Alle nove dobbiamo essere al Louvre. Oggi è la prima domenica del mese e l'ingresso è gratuito, ci sarà folla.

Fatico a svegliare Irene, ma alle nove in punto siamo davanti a una delle entrate laterali, rimaniamo nel museo fino alle dodici quando decidiamo di andare a mangiare qualcosa prima di recarci in rue du Faubourg Saint-Honoré per il *luxury tour*. Qui si può solo guardare. Ma le vetrine sono vere e proprie opere d'arte.

E proprio uscite dal Louvre, mentre stiamo mangiando un *croque monsieur* da Le Nemours in place Colette con la musica di un suonatore di fisarmonica ambulante a fare da sottofondo, ecco che improvvisamente e con mia grande sorpresa vedo uscire dai portici e attraversare la piazza il nostro ineffabile ingegner Sanna.

Non posso credere ai miei occhi. Ma è proprio lui. Cosa ci fa a Parigi?

E devo trattenermi a forza dall'alzarmi, inseguirlo e urlargli in faccia qualcosa tipo: "Ma dove sei finito? Mi racconti di te e della tua vita, mi chiedi di me e della mia, mi baci e poi sparisci? Ma che nuovo gioco è? Io ho pensato alle cose più cupe e tu invece sei qui a Parigi!".

«Ma cos'hai visto, un fantasma?» a Irene non sfugge la mia emozione.

«Sì, qualcosa di simile.» Lei segue il mio sguardo.

«Chi è, qualcuno che conosci?» domanda la mia perspicace amica.

«No», e mi sento stranamente sincera.

«Be', niente male! Parlano tanto del fascino delle donne francesi ma che dire degli uomini? Quello ne è un concentrato.»

«Sì.» Non riesco ad andare oltre i monosillabi, mentre il mio sguardo lo segue e mi sorprendo a pensare che l'immagine che rimanda non è più così fredda. Non saprei dire se è cambiato qualcosa nel suo aspetto o nel mio sguardo. È come sempre vestito di grigio, ma porta la giacca su una spalla e cammina tenendo l'altra mano in tasca con un atteggiamento non spavaldo ma direi rilassato; a metà della piazza si ferma davanti al suonatore di fisarmonica e lascia qualcosa nella scatola davanti a lui. Qualcosa che decisamente soddisfa il fisarmonicista, che si ferma e gli fa un inchino. Dopo un attimo è sparito nell'entrata della metropolitana.

«Ma si può sapere cos'hai?» Irene è perplessa.

Finalmente mi scuoto e ricomincio a mangiare.

«Guardavo il *Kiosque des noctambules*.» Le indico l'opera d'arte posta all'ingresso della metro. «Un po' troppo visionario, non trovi? Assomiglia a un enorme braccialetto di perline.»

Ma non ascolto la sua risposta, impegnata come sono a cercare di calmare i battiti del mio cuore saliti almeno a mille al minuto alla vista di Andrea Sanna.

Più tardi, nel pomeriggio al Marais, sedute sull'erba del parco in place des Vosges, mangiando (io svogliatamente) falafel e *frites*, Irene mi chiede: «E tu, hai novità di cuore?».

Ne ho? È una domanda che mi pongo anch'io. Ma non me la sento di raccontare qualcosa che non so afferrare o inquadrare.

«Niente di nuovo.»

«Ma ci sarà qualcuno di interessante a Verate, no? Dovresti cominciare a guardarti in giro.» Chissà poi perché.

«Sì, lo farò, promesso» dico giusto per chiudere lì l'argomento. Non sono pronta a parlare di Andrea Sanna. Tantomeno con Irene, anche lei in fondo mi ha spezzato il cuore.

Ma per tutto il giorno penso a lui. Al poco che so o che ho dedotto. Ricopre una posizione da top manager in una società immobiliare londinese, non so che età abbia, credo sia sulla quarantina, non è sposato né ha una compagna, o almeno è quello che ha affermato, ha un fratello malato che ama molto, trascorre spesso la notte fuori casa, ha una casa a Londra e una a Sirmione e ora me lo trovo qui a Parigi. E so che mi ha baciata. E al ricordo la mia mano sale subito a toccare le labbra, quasi un riflesso condizionato.

Non posso cadere in questa trappola. Quindi mi riprometto di tenere un atteggiamento professionalmente formale con lui quando lo rivedrò. Mica ci si può affezionare (questo sì che è *understate-*

ment) a uno che viene e va, che ti bacia poi non si fa più né vedere né sentire.

In ogni caso questi due giorni a Parigi hanno fatto bene a me e a Irene. Ci sono state risate e lacrime anche se per il momento niente segreti condivisi.

12

Abitazione isolata, massima tranquillità e privacy, minimo 400 mq. Preferibilmente in provincia di Milano. Cercasi.

Lunedì mattina, al rientro da Parigi, scendo per colazione alla trattoria.

Da settimane ho capito l'assoluta inutilità di ordinare, la selezione qui è random, causale insomma, anche se non affidata in realtà al caso ma all'umore di Eleonora.

Appena seduta a uno dei tavoli all'aperto mi vengono portati un cornetto ripieno di ricotta con granella di pistacchi, spremuta d'arancia e caffè espresso.

«Ho pensato che dopo Parigi tu volessi riconnetterti con la tua italianità.»

«Eleonora, non sono stata neanche quarantotto ore a Parigi, ti assicuro che non ho perso nessuna connessione con il mio essere italiana.»

«Non si sa mai. Tutte quelle baguette, omelette, noisette…»

Mentre lei sistema il tutto sul tavolino io mi guardo intorno.

«No, non si è ancora visto» mi comunica laconica.

«Chi?»

«L'ingegnere, chi altro?», tono sorpreso dalla mia domanda.

«Ma io…» tento.

Lei sospira: «Bianca, vuoi un consiglio? Non sprecare tempo a nascondere qualcosa che è evidente agli occhi di tutti. Soprattutto dopo l'altra sera».

E vorrei proprio sapere che cosa è evidente agli occhi di tutti, ma Eleonora viene chiamata a un altro tavolo.

E poi io mica lo volevo un consiglio.

Al tavolo vicino a me viene a sedersi la signora Levati. Indossa un completo pantalone di seta a disegni etnici dai colori accesi ed è estremamente chic.

«Buongiorno, tutto bene?» chiedo.

«Buongiorno, architetto» sospira «tutto bene sì, vengo a godermi questa vista del fiume e delle colline finché mi sarà possibile. Finché abiterò qui.»

«Perché, pensa di non rimanere a Verate dopo che venderà la casa?», sempre se riusciremo a farlo.

«No, non potrei mai.» Altro sospiro. «Sarebbe troppo doloroso vedere casa mia abitata da altri.»

Ok, devo fare qualcosa. E presto.

Mentre mi allontano incrocio Alessandra.

«Ciao, Bianca! Ricordati che stasera c'è il secondo appuntamento di *Cinema sotto le stelle*, in programmazione c'è un film "de paura" alla Dario Argento» mi annuncia mentre mi allunga il volantino che mostra una signora in camicia da notte che gronda sangue. E cos'è che tiene nel palmo delle mani? I suoi occhi? Già.

Io odio il sangue e odio le scene cruente.

Non lo dico ma credo me lo legga in faccia.

«Il programma cerca di accontentare tutti e questa sera tocca ai ragazzi… ma dài, vieni anche tu!»

E così le prometto di andare a vedere *Shanda's River*. Storia di streghe e di sette. Sono già terrorizzata solo a guardare il volantino.

Arrivata in agenzia non riesco neanche a chiedere cosa prevede la giornata, dato che proseguire con la perizia non è possibile in assenza dell'uomo misterioso, che entra Barbara, la pittrice.

Ha un grande involucro tra le mani. Chiaramente un quadro.

«Architetto, ho dipinto questo per lei…»

Sorrido e mi preparo a esprimere un entusiasmo che non è per niente detto sarà sincero.

Ma quando apro la carta che lo avvolge l'espressione è di stupore. Il quadro è sorprendentemente bello.

Una veduta a volo d'uccello di quello che Barbara vede dal suo appartamento. Case, tetti, alberi, il fiume e la collina riprodotti ad acquarello rappresentando la città in un modo preciso e nitido ma con un che di più luminoso e gradevole che vorresti entrarci e vivere lì.

«Barbara, grazie… è veramente bellissimo.» La signora ha davvero una gran bella mano.

«Sono contenta che le piaccia, architetto!»

«Molto, veramente molto… Lei è un'artista e, per favore, mi chiami Bianca.»

«Volentieri, Bianca.»

E se ne va tutta contenta mentre io non riesco a staccare gli occhi dal grande quadro.

Ma guarda che brava.

Non si è ancora chiusa la porta d'ingresso che si apre quella che conduce all'ufficio nel soppalco e appare Volpe in cima alla scala.

Io e Cristina di nuovo ai suoi piedi, naso per aria, ad attendere il verbo.

«Ho una notizia magnifica. Magnifica!» Pausa a effetto. «Abbiamo un acquirente! Un famoso regista potrebbe essere interessato alla casa di Mafalda Levati!»

«L'ha già vista?» balbetto mentre mi siedo per assorbire il colpo. Io non voglio vendere la casa della signora Levati. E neanche lei.

«Solo in foto, per il momento. Ma sta cercando un posto isolato e silenzioso dove nessuno lo possa disturbare per poter pensare ai prossimi progetti.»

«Ma io…» e mi fermo. In realtà non ho proprio nulla per potermi opporre alla vendita.

Il geometra aspetta due secondi che io espliciti la mia contrarietà, poi continua: «Sarebbe una vendita eccezionale. Capisci? Qui si parla di commissioni vicine ai quarantamila euro per l'agenzia… ottomila euro per te. Bel colpo, eh?».

Sì, bel colpo. Posso mettermi a piangere?

«Io in realtà volevo trovare una soluzione alternativa» mi sento dire.

Lui mi osserva (comprensibilmente) perplesso.

«E che soluzione alternativa potrebbe esserci? Qui o si vende o si affitta, ma nel secondo caso la signora Levati non potrebbe comprarsi nulla per sé e dovrebbe andare anche lei in affitto. Prima di tutto è piuttosto difficile trovare affittuari per quel taglio di casa, secondo, nella malaugurata ipotesi che ci si imbatta in un inquilino moroso… per la signora Levati sarebbe un grave problema.»

Rimango in silenzio. Ce l'ho la soluzione alternativa. Ci sto pensando da giorni. Ma non è il momento di mettere a parte Volpe di un piano che per ora è solo tutto mio.

In ogni caso il geometra fissa per la prossima settimana l'appuntamento con l'assistente del famoso regista. Questo significa che non ho molto tempo per mettere a punto il piano.

Nel frattempo sono costretta a preparare una scheda con altre foto.

Cosa che faccio malvolentieri, inserendo (in modo veramente poco professionale) alcune forme dubitative nel testo. Il sottotetto chiaramente utilizzabile diventa «uno spazio che forse potrebbe essere utilizzato dopo un attento e accurato studio di fattibilità», il bel giardino vista fiume «un piacevole anche se impegnativo spazio verde». Spero Volpe non legga. In caso contrario verrò licenziata.

Ma sono un po' triste. E non solo per la casa della signora Levati. Continuo a guardare il cellulare. Inutile negarlo, mi piacerebbe riceve notizie da Sanna. Avrei alcune domande da porgli. E niente che abbia a che fare con rilievi celerimetrici e quote altimetriche.

Per la signora Levati qualcosa farò. Per Andrea Sanna proprio non saprei cosa e come fare. Certo, dobbiamo discutere la sua proposta di collaborazione. Anche se *discutere* non è il verbo corretto da usare. L'offerta è così interessante e così generosa che l'unica cosa possibile è accettare con gratitudine.

Poi, a spezzare la giornata, ricevo una telefonata di Sassi.

«Bianca, ciao! Avremmo bisogno di un tuo aiuto, se possibile. Max siede nel consiglio di una casa famiglia il cui direttore è suo amico... nostro amico ormai. Purtroppo hanno ricevuto lo sfratto e prima che le istituzioni si muovano ci vorrà circa un secolo, anno più anno meno; quindi si è pensato di attivarci subito per trovare una nuova sistemazione.»

«E cosa stanno cercando?»

«Prima di tutto Galimberti, il responsabile, ci diceva che l'ideale sarebbe fuori Milano, nel verde, ed è per questo che ho pensato a te. Ora i ragazzi sono dieci, che è il massimo che la struttura può gestire, e sono tutti adolescenti... io ho chiesto ad Alberto, ma al momento non ha nulla di questo taglio da poter dare in affitto... ah, ecco... si sceglie di uscire da Milano anche per un discorso di contenimento spese.»

«Senti, ne parlo con Cristina, ma temo non ci sia nulla nel nostro data base al momento. Ti faccio sapere» le dico mentre prendo appunti.

«Ok, ci vediamo questa sera alla proiezione?»

«Sì, certo, così se trovo qualcosa ne parliamo.»

Cristina delude subito le mie aspettative: «Ci vorrebbe una cascina e al momento non ho nulla di questo genere».

«E una casa cantoniera? Tipo quella sulla statale che ho notato in disuso» butto lì. «Certo si dovrebbero fare due lavori.»

«Le case cantoniere sono state cedute tutte al ministero dei Beni Culturali per essere adibite a strutture ricettive. La nostra è destinata a punto di ristoro per ciclisti.»

«Non lo sapevo. Peccato. Teniamo gli occhi aperti, allora.»

Tornata a casa cerco un posto adatto al quadro di Barbara. E il posto giusto, in cui la luce lo colpirebbe al meglio esaltandone i colori, pare essere la parete della cucina. Dove però (proprio nel centro) ho appeso il modulo di reiscrizione all'albo. Dopo non pochi tentennamenti decido di staccarlo e appendere l'acquerello. Per il modulo troverò un altro posto, per ora lo metto in un cassetto.

Ma adesso devo mangiare in fretta che poi ho la rassegna.

Quando incontro Sassi al «cinema» in collina le comunico che la ricerca al momento non ha dato risultati ma che ci stiamo dando da fare.

Poi mi siedo nell'ultima fila così da potermela svignare se *Shanda's River* si rivelasse insopportabilmente violento come temo.

Il film è terrore puro, ma mi rendo subito conto che l'idea di allontanarmi è del tutto impraticabile.

Chi se la sentirebbe ora di percorrere il sentiero al buio da sola, un sentiero pressoché identico a quello dove nel film avvengono le peggio cose? E sono quindi più le volte che chiudo gli occhi o mi porto le mani alla bocca colpita e sorpresa per quello che succede sul grande schermo. Se lo scopo del regista era spaventare la platea a morte sappia che con me c'è riuscito in pieno e che ho iniziato a tremare già dal primo schizzo di sangue. Notevole la capacità di inventiva dello sceneggiatore, che ha trovato dieci modi diversi di uccidere la protagonista. Per tutta la durata del film. Senza soluzione di continuità. Una professoressa di antropologia. Modi tutti estremamente cruenti e decisamente disgustosi. Forse l'hanno ispirato ricordi universitari. Chissà.

A metà film qualcuno si siede vicino a me, ma non me ne curo dato che sono concentrata a cercare di non mettermi a urlare a ogni sbudellamento.

Abbasso gli occhi e stringo le mani attorno ai braccioli cominciando involontariamente a gemere.

A un tratto una mano fresca e asciutta copre la mia. Poi un sussurro preoccupato: «Tutto bene, Bianca?». Nonostante il momento, quello che provo nel sentire questa voce è un misto di confusione e felicità.

«Sì, è solo che questo film... è un po' troppo per me» quasi balbetto.

«Vuoi che ti accompagni a casa?» Il bacio ha sancito il passaggio al tu, dunque.

Io però mi devo ricordare che mi ero ripromessa di essere professionale e distaccata con lui. Quindi niente domande circa portiere difettose di macchine troppo basse e loro conseguenze e continuiamo con un rigoroso lei. Ma non posso rifiutare l'offerta di aiuto.

«Sì, grazie ingegnere.» Insisto un po' sul suo titolo, per sottolineare la distanza. Mentre ci alziamo, però, le mani si sciolgono e non posso fare a meno di dispiacermene. La coerenza non è da me.

Comunque, trovo che non sia proprio corretto il comportamento di Chi Dico Io, perché al momento Sanna mi ha conosciuto: claustrofobica, talassofobica e adesso pure fifona.

E così appena ci siamo allontanati dal luogo della proiezione, tento un recupero: «Mi scusi, mi rendo conto che un po' alla volta le sto mostrando tutti i miei limiti».

«Bianca, non esistono limiti ma solo margini di miglioramento.» Nella voce il sorriso, è chiaro che è una battuta e che vuole farmi sentire meglio.

In realtà mi sento veramente già meglio e averlo qui vicino a me, ripercorrere il sentiero semibuio mi agita in modo insieme allegro e allarmante.

Di nuovo cerco un argomento per allontanare queste sensazioni.

«Cosa ne dice del film?»

«Ne ho visto solo pochi minuti, non posso giudicare, ma so che ha vinto molti premi all'estero. Soprattutto negli Stati Uniti, dove lo *scary movie* ha molti fan.»

«Ah, danno dei premi anche ai film di questo genere?» Sempre pensato che gli americani fossero pazzi.

«Sì.»

«Sono convinta che lo sceneggiatore sia mentalmente disturbato. Sto pensando di farglielo sapere.»

«In tutta sincerità, credo lo prenderebbe come un complimento.»

Poi però proseguiamo in silenzio. Nessuno dei due ha voglia di parlare. Chissà se anche lui sta pensando a quel bacio.

Arrivati al cancelletto, si ripete la solita scena: lui lo apre e io entro dopo aver controllato l'assenza di portatori di penne e becchi gialli.

«Buonanotte, ingegnere, e grazie.»

«Bianca?» e già come lo dice mi rimescola dentro.

«Sì, ingegnere?»

«Mi farebbe piacere che tu mi chiamassi Andrea.» E a me farebbe piacere che tu mi baciassi. Di nuovo. Ma non devo neanche pensarlo questo.

«Bene, allora, buonanotte Andrea» e in un certo qual modo sono felice. È una piccola, insignificante cosa, ma decisamente meglio di niente. Comincio a essere patetica.

E dov'è finito il distacco professionale?

Lui attende finché non entro. Niente bacio.

Mi aggiro per casa senza sapere cosa fare.

Riprendo in mano *L'amore in un clima freddo*. Bello, ma non adatto al mio umore di questa sera. Accendo la televisione. Programmazione estiva: vecchi film imbarazzanti. Su Rete 4 addirittura c'è *Zorro alla corte della regina Elisabetta*. Giusto per dare l'idea. Su Netflix niente di nuovo.

Esco sul balcone per scoprire che si riescono a distinguere nitidamente le urla del film, proiettato sulla collina proprio qui di fronte.

Ok, torno in casa e mi preparo per la notte. Doccia, denti, pigiama e mi infilo sotto le lenzuola. E penso ad Andrea Sanna. Andrea. Mi ha baciato e ora mi ha chiesto di chiamarlo per nome. Chissà cosa significherà. Per lui intendo. Perché per me lo so bene cosa significa: solo guai.

Posso negare che ne sono affascinata?

Forse dovrei riprendere in considerazione il buon proposito di mantenermi sul professionale. Giusto per evitare l'ottovolante delle emozioni tra bacio/sparizione/apparizione/niente bacio.

Forse però è troppo tardi.

La strada delle collaborazioni che ci attendono ora è estremamente in salita.

Dopo due ore di inutile girarsi e rigirarsi nel letto mi rassegno e decido di alzarmi. Mi infilo la vestaglia sul pigiama, un paio di infradito ed esco a fare un giro nel parco. Devo schiarirmi le idee. Troppa confusione in me. Troppa ingiustificata felicità nel sentirmelo accanto. Troppe emozioni contrastanti.

Mentre attraverso l'orto dalla casetta di legno spuntano tre teste piumate che, fortunatamente, non si mettono a starnazzare ma si limitano a osservarmi in silenzio. Con riprovazione, direi. Ma non dormono mai queste tre?

Ormai è l'una ma la notte è calda e profumata d'estate. La piazza e il parco sono deserti. Meglio così, non ho proprio la mise adatta per intrattenere rapporti sociali. Le luci, illuminando gli alberi dal basso, danno al parco l'aspetto di un bosco incantato, aspetto enfatizzato da una enorme luna piena che spunta dagli ultimi rami. Lontano ma chiaro, mi arriva il gorgoglio dell'acqua della grande fontana. Decido di avviarmi verso di lei. Troverò una panchina e mi siederò lì ad aspettare il sonno.

Ma appena raggiungo l'ampio spazio dove si trova la fontana, ho una sorpresa. Una grande sorpresa. Seduto su una panchina, i gomiti sulle ginocchia e il mento appoggiato sulle mani intrecciate in un atteggiamento direi pensieroso, c'è Andrea Sanna.

Mi guarda, forse stupito (e un po' lo sarà nel vedermi qui in pigiama, infradito e vestaglia), e attende, senza mai distogliere gli occhi da me, che mi sieda accanto a lui.

Poi china leggermente la testa e: «Bianca» mi dice a mo' di saluto.

«Andrea» ricambio.

Per qualche secondo c'è silenzio.

Poi sento la mia voce dire assolutamente fuori contesto: «Mi sono laureata in Architettura con il massimo dei voti, era il mio sogno di bambina. Facevo l'architetto a Milano, direttore dei lavori, come sai. Ero così orgogliosa di me, della mia laurea presa a ventitré anni, del mio lavoro. Mi sono sentita persa quando lo studio è andato in esubero e non hanno potuto rinnovarmi il contratto. Mi sono sentita inutile. Non mi riconoscevo più. Mi sembrava di aver perso il mio ruolo nella società».

Ora è appoggiato allo schienale della panchina e ascolta questo mio bisogno che lui sappia di me.

«Sono venuta qui per non andare a vendere raccordi idraulici nella società di mio padre, forse più per una stupida questione di orgoglio che per altro. Vendere case non mi dispiace… ha un suo perché, ecco. Non è niente male trovare la casa giusta, anzi è molto gratificante e molto frustrante quando non ci riesci. Non l'avrei mai detto ma a Verate mi trovo bene, le chiacchiere con le ragazze di Verate mi hanno reso la vita più leggera, abitare vicino a una trattoria la vita più larga e il senso di appartenenza a una comunità la vita più calda. Un bilancio comunque positivo. Ma vorrei tornare a essere un architetto…»

Un'altra pausa, poi: «Bianca, tu sarai sempre un architetto anche se andrai a lavorare da McDonald's, quello che sai si è sedimentato in te e nessuno potrà portartelo via. E non sarà la burocrazia che potrà affermare il contrario…» e c'è del sentimento nelle sue parole.

E allora decido che è arrivato il momento di chiarirsi: «Mi hai baciato». Mi allontano da lui e non lo guardo. È più facile.

«Sì.»

«Perché?»

«Lo desideravo. E, ti confesso, anche da molto tempo.»

E mentre io assimilo questa informazione è lui a intervenire.

«Sei scappata via dopo il bacio.»

«Sì.»

«Perché?»

«Forse per lo stesso motivo. Avevo scoperto di desiderarlo e da molto tempo.» Ed è così. Come ho fatto a nasconderlo persino a me stessa? O forse l'ho nascosto solo a me stessa.

«Ti ho chiamata. Non ti sei fermata.»

«Lo so. Credo di aver avuto paura.» Oltretutto fondata, temo.

Ma quando mi giro cercando i suoi occhi mi accorgo che il suo sguardo è già su di me e il mio cuore salta un battito, il respiro prende un passo diverso.

La ragione mi dice di fuggire ma io rimango inchiodata qui, dove il sentimento mi dice di restare.

E chiudo gli occhi e apro il cuore, rimanendo in attesa di ciò che so sta per avvenire.

E allora sento le sue mani sul mio viso, la carezza leggera di dita che si perdono fra i miei capelli. La sorpresa delle sue labbra sulle mie palpebre e poi infine sulla mia bocca.

E sono io che al termine di un bacio tanto coinvolgente da lasciarmi scossa dico: «Vieni, andiamo». E non è una domanda ma lui lo stesso risponde: «Sì», con voce profonda.

13

Centro riabilitazione Palazzo Parodi Valsecchi, struttura inserita all'interno del parco originario della villa. 40 posti letto.

Mi sveglio rannicchiata a lui, la testa nell'incavo della sua spalla, il suo braccio mi tiene stretta a sé.

Sento che anche lui è sveglio.

Muovo la mano sul suo petto in una lenta carezza. Guadagnandomi un bacio sui capelli.

«Sei sveglia.» Ha una voce calda e profonda. Ma dove la teneva?

«Sì.» Alzo il viso verso di lui. Chiudo gli occhi e aspetto che le sue labbra si appoggino morbide sulle mie.

«Buongiorno.»

«Buongiorno.» Mi stiracchio straordinariamente a mio agio qui con lui. Con lui, a cui fino a poche ore fa davo del lei. Questa notte ha decisamente determinato una svolta. E come avrebbe potuto non farlo?

«Come stai?» Una domanda semplice che nasconde molto.

«Benissimo.» Ed è vero. «E tu?»

«Anch'io, molto bene.»

«È stato… bello, ecco.» Avrei voluto trovare un aggettivo più forte per descrivere quello che provo: mi sento appagata, ma anche, devo ammettere, un po' smarrita.

«Sì, è vero.»

Mi stringo ancor di più a lui e vorrei che tutto ricominciasse da capo ma…

«Cosa dici, allora Bianca» bacio «ci alziamo» bacio «e andiamo» bacio «a fare colazione?» bacio.

Non potremmo stare qui e continuare a parlare con questo intercalare? Ma il brusio che viene dalla finestra aperta della cucina mi ricorda che oggi è martedì. E sono quasi le otto. E il lavoro aspetta. Però…

«Colazione? Insieme?» Un'uscita pubblica!

«Be', non sarebbe la prima volta…»

«Ma è la prima volta dopo che… e adesso ci diamo del tu…», per tralasciare quello che è avvenuto questa notte e che, lo so, sarà difficile tenere nascosto agli occhi delle ragazze.

Sorride ironico ed ecco che ritrovo l'ingegner Sanna.

«Non ho intenzione di nascondere niente a nessuno… ti ho baciata in pubblico, te lo ricordi?» Come potrei dimenticarmene? «E non ricordi che questa notte le nostre personali oche del Campidoglio hanno fatto il loro dovere?»

Già, perché se Priscilla, Penelope e Gedeone si erano limitate a fissarmi mentre uscivo, al nostro rientro hanno ritenuto fosse il caso di avvisare non dico tutta la città ma almeno tutta la famiglia Moretti. E così la trattoria si è illuminata come un albero di Natale ed Eleonora si è affacciata a controllare chi avesse disturbato il giusto sonno dei pennuti. Eleonora. La persona che ritiene che i fatti tuoi non siano mai un affare veramente privato.

In effetti non me ne ricordavo più. Il resto invece, quello che è successo appena chiusa la porta dietro di noi, me lo ricordo tutto e benissimo, e mi basta sfiorare la sua pelle per rivivere vividamente il momento in cui per la prima volta i nostri corpi si sono incontrati.

Ma è stato subito così. Dal bacio vicino alla fontana, al raggiungere casa mia tenendoci per mano, senza dirci niente perché le parole sarebbero state decisamente superflue. Ma con il cuore che rideva e lo stomaco in subbuglio. C'era una cosa che chiaramente desideravamo entrambi. Forse da molto, ed era arrivato il momento.

Appena entrati in casa, però, mi sono ricordata di un dettaglio importante. Di una cosa che non sapevo e che dovevo sapere prima di...

«Da quanto... da quanto desideravi baciarmi?» Lui mi ha guardato ed è sembrato divertito dall'interruzione.

«Da quando ti sei commossa a casa dei signori Russo... ecco da quanto...» Proprio non l'avrei detto, allora si era comportato in modo così scostante! Ma ho deciso di non fare polemica. Ci sarà tempo. Spero.

Mi sono stretta a lui per un altro bacio da brivido.

Mi ha spogliato lui, l'ho spogliato io. Il cuore impazzito e tutti i miei sensi accesi mentre gli sfilavo la camicia e aspiravo il profumo della sua pelle. Mentre mi toglieva la casacca del pigiama e appoggiava le sue labbra sull'incavo del mio collo.

Lui ha usato le sue dita e le sue labbra su di me prima con dolcezza e poi con la passione resa impaziente dal desiderio. Non c'è stato un centimetro del mio corpo che non abbia sfiorato, baciato, fatto suo.

Mi ha amato con il suo corpo e con la sua voce, calda, morbida, accendendo la mia pelle, soggiogando la mia mente, riempiendo il mio cuore.

Mi ha desiderata, mi ha presa.

E io ho ricambiato con tutta me stessa.

Incantata. Persa.

Nella notte, nella stanza illuminata dalla luce color argento della luna, con la testa sul suo petto, gli ho domandato della sua vita sentimentale: «Mai una fidanzata? Una storia seria?».

Lui ha preso fiato e non mi è parso morisse dalla voglia di parlarne ma: «Qualche storia, quasi tutte brevi, una compagna d'università, una collega della prima azienda dove ho lavorato, poi della seconda. Qualche veloce conoscenza estiva nata con la complicità di cene sulle terrazze e fine settimana al mare. Niente di veramente serio... storie occasionali... e tu, Bianca?».

«Il mio primo ragazzo l'ho conosciuto al liceo ed è andata avanti per alcuni anni. Ma ero innamorata più della situazione romantica che di lui. Poi anch'io un collega, ma veramente per poco.»

«Bene, non mi piace confrontarmi con troppi ex.»

E per un attimo ho pensato di confessargli che non doveva temere proprio nessun confronto con i miei ex.

Ora siamo qui come una coppia affiatata e innamorata. E forse lo diventeremo veramente una coppia affiatata e innamorata. Mi piace pensarlo.

«Bianca, vado a casa a cambiarmi e poi ci vediamo giù.»

«Sì, va bene.»

Lo guardo rivestirsi, infilarsi le costose scarpe inglesi, indossare il prezioso orologio svizzero.

«Un Vacheron Costantin...»

Mi guarda di sottecchi.

«È l'unico oggetto che ho ereditato da mio padre.»

Suo padre, sua madre. C'è di sicuro una storia dietro a questa sua famiglia. Arriverà il momento di conoscerla, per ora mi dispiace che si allontani ma un suo ultimo bacio mi terrà compagnia.

Quando torna sono già seduta fuori con Alessandra e Costanza, che mi salutano sorridenti da lontano chiacchierando a bassa voce curiose, e con Eleonora, che mi che ronza intorno.

Quando lo vedo arrivare mi si apre il cuore e quando poi si china per baciarmi il cuore sembra scoppiare. Credo che questa sia la felicità.

«Eleonora non ha ancora deciso cosa avremo a colazione?» chiede sedendosi.

«No, non ancora, ma vedrai che rimedierà presto.»

E infatti eccola con un vassoio carico di bricchi, bicchieri, brioche e muffin.

«Ecco qui… caffè, latte… le brioche sono a vari gusti, marmellata dolce, marmellata brusca, crema inglese e frutti di bosco… i muffin ai mirtilli neri e rossi… se avete bisogno di altro…»

«Grazie, Eleonora… credo basti così» e le rivolge un sorriso che la sorprende e addirittura la fa arrossire.

Andrea il seduttore.

«Bene, credo che prenderò un caffè e mi precipiterò in agenzia, prima che il geometra mi licenzi.»

Lui mi guarda con un sorriso scettico e un sopracciglio alzato.

«Ok, prendo anche un muffin… magari due…» e allungo la mano sotto il suo sguardo divertito.

«Ci avrei scommesso che non avresti resistito! In ogni caso ho parlato con Volpe. Non è necessario che tu vada al lavoro oggi.»

«Ah, no?»

«No, oggi si torna a Sirmione e ci resteremo fino a domani… se ti va.»

Si torna a Sirmione. Mi va. Moltissimo.

«Ma prima vorrei farti conoscere Giacomo.»

Conoscerò suo fratello. E mi sembra una cosa fantastica. Insomma, una presentazione in famiglia in piena regola.

Il reparto riabilitazione dell'ospedale di Verate, già Palazzo Parodi Valsecchi, è situato in una struttura staccata dall'ospedale, in quelle che un tempo erano le scuderie; a testimonianza dell'antico uso, ci sono ancora gli abbeveratoi in marmo, ora trasformati in fioriere colme di gerani. L'ambiente all'interno è molto curato e accogliente. Parquet lucido e colori vivi ovunque.

Troviamo Giacomo che, mi spiega Andrea, sta giocando a scacchi al computer con il suo fisioterapista nella sala comune, con le grandi vetrate che danno sul parco e sul fiume. Uno di fronte all'altro, ognuno davanti al suo computer. Il fisioterapista batte sulla tastiera. Giacomo è invece immobile.

L'urlo di vittoria che ci accoglie ci fa capire che c'è stato uno scacco matto.

«Il patto con Anselmo è che finita la sessione di fisioterapia lui accetti di fare una partita a scacchi, o meglio si faccia battere. Giacomo usa un mouse a controllo oculare per giocare.»

«Quante volte ti ho detto di non muovere troppo presto la Donna? La esponi troppo a facili contrattacchi!» La voce di Giacomo è estremamente soddisfatta.

«Giacomo, sai cosa diceva Tartakover? "Negli scacchi vince chi fa il penultimo sbaglio"» si difende lo sconfitto.

«Sì, ma tu commetti sbagli troppo prevedibili e giocare con te è troppo divertente.»

Poi gira la carrozzina elettrica verso di noi. Giacomo è bellissimo, assomiglia molto ad Andrea però ha grandi occhi verdi ombreggiati da lunghe ciglia che di sicuro sono l'invidia di moltissime donne, anche lui capelli chiari ma ondulati e lo stesso viso di Andrea ma con lineamenti più regolari. Giacomo il fascinoso. Giusto.

«Ehi, ciao! Vedo che hai portato un'amica!»

«Bianca, ti presento mio fratello Giacomo.»

E adesso cosa faccio? Stringergli la mano è fuori questione, limitarmi a salutarlo mi sembrerebbe di essere troppo distaccata.

«Già, Bianca, chi altri?» Lo sguardo verso suo fratello è canzonatorio. Poi mi toglie dall'imbarazzo dicendomi con tono fintamente condiscendente: «Puoi baciarmi».

E quindi lo bacio di slancio sulla guancia finendo con una carezza.

Lui chiude gli occhi e dice con tono pieno di teatrale nostalgia: «Ah, il bacio di una ragazza! Da quanto tempo non ne ricevevo uno!».

«Ma se hai donne e ragazze che ti baciano in continuazione!» protesta suo fratello.

«Ma quelle sono operatrici sanitarie, infermiere e dottoresse, per non parlare delle volontarie… fa parte del loro lavoro, nel mio caso un piacevole lavoro, lo ammetto.»

«Abbiamo un vero rubacuori, qui, vedo» commento.

«Diciamo che cerco di trarre il meglio dalla mia condizione…» Questa però non me la sento di commentarla. «Allora, torni alla magione avita oggi?»

«Sì, e porto Bianca con me.»

Giacomo lo guarda, poi guarda me e alla fine: «E fai benissimo. Fai proprio bene».

«Ci vediamo domani sera.»

«Bene.» Poi rivolto a me: «Puoi tornare quando vuoi, se lo vuoi, anche da sola. Adoro leggere ma ancora di più che si legga per me. Se verrai, porta un libro».

«Lo farò» e già comincio a scegliere il libro che porterò con me.

«Salutatemi Ersilia e Vincenzo… e la casa, per favore.» Nascosta dietro un tono ancora scanzonato, si avverte nitidamente della malinconia.

Questa volta si va in macchina. Una macchina vera di un'altezza normale. Ringraziando il cielo.

Nel tragitto non posso fare a meno di accennare a Giacomo: «Tuo fratello è un uomo di grande fascino».

«Te l'avevo detto. E l'ha sempre saputo usare. Ha sempre avuto molte donne accanto a sé.»

«E adesso? Adesso c'è una presenza femminile accanto a lui?»

«Aveva una compagna ma…» scuote la testa.

«Ma?» incalzo.

Lui tira un profondo respiro: «Con il peggiorare della malattia ha preferito allontanarla. Noi Sanna siamo fatti così, non amiamo farci compatire».

Poi taccio, perché finirei per fare domande sul futuro di Giacomo, sulla decisione di rimanere solo, e (soprattutto) su come sarebbero fatti «loro Sanna», e non sono sicura di voler conoscere le risposte.

Arriviamo a Sirmione in poco più di un'ora.

Di nuovo Vincenzo ad accoglierci. Questa volta la stretta di mano che mi dà è, se possibile, ancora più lunga e calorosa.

«Vi ho preparato la camera degli ospiti con il letto matrimoniale.» Io cerco di distrarmi guardando il lago, giusto per non arrossire d'imbarazzo.

Andrea invece risponde con uno sbrigativo «grazie» che mi fa domandare se non sia abituato a portare ragazze lì. Questione da approfondire, prendo mentalmente un appunto.

La camera è un po' *fané* ma conserva del fascino con la tappezzeria in seta in uno sbiadito rosa e oro e il letto in legno lavorato. Di grande effetto la vista sul prato all'inglese e sul lago che si gode attraverso l'ampia portafinestra.

Vincenzo ha allestito un tavolo nella terrazza sul retro. Lavoreremo lì guardando il parco, la piscina e il lago. Le enormi planimetrie già distese sul piano in metallo sono state recuperate in vecchi archivi, si dovrà controllare la corrispondenza con la struttura come si presenta oggi. E io e Andrea passiamo la giornata chini sui disegni in quel posto incantevole discutendo di putrelle, muri portanti e portata delle solette, ridisegnando al computer le volumetrie e gli spazi e abbozzando un cronogramma. Decidendo dove aprire nuove finestre e dove eventualmente chiudere quelle già esistenti, nel rispetto dell'armonia della facciata; il tutto con i profumi che giungono dal parco e l'odore dell'acqua del lago, coccolati da Ersilia che porta golosità dicendo con un sorriso complice: «Andrea mi ha detto che lei sa apprezzare».

Io lancio un'occhiata di traverso al mio traditore e non so se seccarmi che mi abbia fatto passare per un'ingorda o se compiacermi del fatto che abbia parlato di me con lei. Scelgo la seconda, giusto per praticità, e mi godo il prosciutto crudo e fichi, le pizzette, la pasta alla norma, vari formaggi accompagnati da un miele profumatissimo, il crème caramel, i biscotti con la marmellata e i succhi di frutta fatti in casa. Che smaltiamo entrando e uscendo in continuazione dalla villa per confrontare disegni e stato delle cose.

E a un certo punto entro senza pensarci in una stanza, Andrea non mi segue, rimane fuori, a un passo dalla soglia. Una camera di donna. Tappezzeria a fiori, mobili antichi dal disegno morbido, legni di rosa e pero, legni pregiati. Al centro della parete più ampia un quadro, il ritratto di una donna, è un acquerello a figura intera di pregevole fattura. Una donna bionda e sottile con un vestito chiaro e uno sguardo triste. La stessa donna delle foto. Accanto, un altro ritratto di un ragazzino così simile a lei. Andrea.

Mi volto. Si è allontanato. Quando lo raggiungo mi dice solo: «Era la stanza di mia madre, non ci entro volentieri. Non ne parlo volentieri. Non ci penso volentieri, anche se ora…». Non finisce la frase e a me non rimane altro che rispettare questo suo sentire. Almeno per il momento.

Dopo pranzo mi propone un giro nel parco.

«Ti vorrei mostrare gli annessi… vorrei mettere lì la SPA.»

La SPA. Giusto. Siamo in una zona termale. E poi la SPA non può mancare in un albergo di livello.

Non faccio domande. Lui mi ha preso per mano con grande

disinvoltura e io, nonostante la grande intimità condivisa (quel tipo di intimità che veramente poco concede al pudore), non sono ancora abituata all'ingegner Sanna che mi prende per mano. Per me quindi è ancora una grande emozione.

Al di là del campo da tennis si apre un orto con molti alberi da frutto e con un grande spazio dove, al fondo, protette da alberi, si trovano delle coloratissime arnie.

«Sono le api di Vincenzo, il miele che hai... *assaggiato*, diciamo, arriva da qui.»

«Bellissime. Quanto miele riuscite a produrre?» decido di ignorare la sua facile ironia circa il mio apprezzamento del miele.

«Ogni arnia produce quaranta chili di miele, che è veramente molto; come vedi le arnie sono dieci, riusciamo quindi a produrne abbastanza per il consumo familiare – e con familiare intendo di Vincenzo, Ersilia, di Giacomo e mio – e per fornirlo a vari alberghi qui sul lago. E se ne avessimo di più potremmo venderlo. Ma ci vorrebbe del personale.»

«E come farete dopo che Vincenzo se ne sarà andato?»

«Con grande dispiacere di Vincenzo, le daremo via dopo lo svernamento, la prossima primavera. Sono api italiane forti e grandi produttrici, con un buon carattere, se così si può dire per delle api: le venderemo con facilità.» Lo guardo con ammirazione. Sa veramente molte cose.

«Vieni, ti voglio mostrare un'altra cosa.» Attraversiamo di nuovo il parco, passiamo vicino al campo da tennis, alla piscina e andiamo oltre la casa dei custodi: ecco che anche qui si apre un grande prato delimitato da alberi.

«Il sogno mio e di Giacomo era costruire un campo da basket qui. Entrambi giocavamo nella squadra della scuola, solo in virtù della nostra altezza, credo. Magari ora...»

«Andrea, non penso che il tipo di clientela che frequenterà

l'albergo sentirà l'esigenza di formare squadre per una partitella dopo pranzo.»

«Sì, credo che tu abbia ragione.» Ma si capisce che fatica ad abbandonare l'idea.

Dopo aver visto gli annessi, magazzini nella stessa elegante architettura dell'edificio principale che si riveleranno perfetti per una SPA, torniamo verso la villa che ci viene incontro al di là del prato. È così bello qui. E d'un tratto mi viene un'idea, un'idea assolutamente folle che non so come e se Andrea potrà mai prendere in considerazione.

Per cena si va a Lazise. Questa volta in auto. Percorriamo quindi la Gardesana orientale all'ora del tramonto e il paesaggio si condensa in un rimescolio di verdi, azzurri e oro. Ceniamo in un piccolo locale sul porto dove i piatti sono deliziosi, il Lugana servito freddo scivola via, la conversazione verte su argomenti interessanti relativi ai progetti che ci aspettano: la riqualificazione delle palazzine ex ICTP e la villa da trasformare in albergo.

Su quest'ultimo progetto però io taccio.

Poi, al dolce torniamo a noi: «Vorrei portati ad Albisano sopra Torri del Benaco, dal sagrato della chiesa si gode una bella vista del lago e questa sera ci saranno i fuochi a Toscolano, che è il paese che sta proprio di fronte».

I fuochi d'artificio?!

«Scusa, come i fuochi? Fammi ricordare come li avevi definiti… "pericoloso e rumoroso modo di sprecare soldi"?»

Lui mi guarda stupito.

«E tu come fai a saperlo?»

Ops!

«Niente… ne ho discusso con Alessandra un giorno che si parlava delle sponsorizzazioni per le varie attività che si volevano organizzare a Verate…» ma è chiaro che il discorso mi si sta un po' avvitando addosso.

«L'avevo scritto a Bonsignore, che è un suo assessore, in risposta a una sua e-mail. Lui è una persona fortemente irritante. Ammetto di essere stato gratuitamente scortese. Ho anch'io i miei momenti.» Sì, lo so. «In ogni caso troverò il modo di rimediare. Rimane il fatto che voi parlate di me.»

«Sì. A volte.» Credo ne sia compiaciuto.

La serata scivola nella notte e mentre guardiamo i fuochi far esplodere colori contro un cielo quasi nero dal belvedere di Albisano, lui mi tiene abbracciata da dietro e di tanto in tanto si china a baciarmi i capelli e il collo, facendomi chiudere gli occhi e stringere ancora di più a lui. Non proprio privo di poesia, direi. È un momento magico. E io lo scelgo per dirgli una cosa che mi frulla nella testa da quando ho visto le arnie.

«Andrea, cosa ne diresti di affittare la villa ai ragazzi di una casa famiglia?»

14

Per comunità di tipo familiare, struttura sita preferibilmente in campagna, urgentemente cercasi.

«Senti, so che è una proposta che può suonare assurda, ma guardala dal punto di vista pratico, insomma, i costi di ristrutturazione sarebbero sicuramente molto inferiori, si dovrebbero solo portare a norma alcuni impianti...» Faccio una pausa in attesa di un suo commento, poi di fronte al suo silenzio insisto: «E non ci sarebbe il problema della stagionalità, eviteresti il fermo della bassa stagione mentre avresti un affitto assicurato per tutto l'anno. Sicuramente terrebbero le arnie... e poi con dei ragazzi... allora sì che varrebbe la pena di costruire il campo da basket e...» Stiamo per andare a letto. Lui è in piedi al centro della stanza. Le braccia incrociate. Sguardo serio. Mi ascolta. Al di là delle grandi finestre il buio del lago e le luci della costa. «... Poi non sarebbe bellissimo avere la villa animata da giovani uomini?»

A questo punto interviene: «Bianca, non mi devi convincere, ti prometto che rifletterò su questa possibilità». Si avvicina, mi cinge la vita e mi bacia leggero sulla fronte. Ma adesso io ho questo in testa.

«È che vorrei tu valutassi tutti i pro e contro. Anche economicamente.»

«Non ne farò una questione di profitti e perdite, ma mettiamo in chiaro che non riuscirai a persuadermi che affittare la villa a una Onlus sia economicamente più vantaggioso che possedere un hotel a cinque stelle.» Nella voce un sorriso. «Hai preso in considerazione la possibilità che la villa potrebbe non essere adatta allo scopo? Ci sono dei requisiti strutturali da rispettare, immagino.»

Lo guardo dritto negli occhi.

«Certo, ma non ci saranno problemi, fidati. È perfetta. Il posto giusto per dei ragazzi che chissà cos'hanno dovuto subire dalla vita. La bellezza cura, lo sai. Il "posto sano" di Platone, no? Questa casa è meravigliosa, qui tu e tuo fratello in fondo siete stati felici, secondo me lo sarebbero anche loro.»

«Sarei curioso di sapere perché ci tieni tanto...» Adesso siamo abbracciati, la mia testa contro la sua spalla. Rifugio sicuro e caldo.

«Perché qui ci sono già moltissimi alberghi per ricchi tedeschi e forse è giusto che anche Sirmione si cali nella realtà e ospiti degli adolescenti bisognosi di un rifugio sicuro.»

Lui mi stringe ancora più a sé, poi: «In ogni caso dovrò parlarne con Giacomo. Si dovrà vedere se lui è d'accordo».

Lo guardo in tralice e lui sospira: «Sì, Giacomo sarà di sicuro d'accordo».

«Ma non voglio assolutamente forzarti la mano. Mi piacerebbe solo che tu prendessi in seria considerazione questa alternativa.»

«Certo, non mi vuoi forzare la mano, è per questo che ne stiamo parlando da due ore... be', a parte alcune piacevoli pause.» Sorride. «Adesso cosa ne dici di dormire?»

«Dico che non ho sonno.»

«Vieni qui allora!» E sono abbracciata a lui ed è di nuovo tutto mio, e sono di nuovo tutta sua.

«Sai di buono...» mi sussurra a fior di labbra, poi scende lasciando piccoli, sensuali baci sul mio collo fino ad arrivare all'attaccatura del mio seno. «Hai un profumo meraviglioso... sai di zucchero e cannella... Bianca...»

Questo suo modo di toccarmi, questo suo modo di parlarmi, come pronuncia il mio nome quasi ne gustasse ogni sillaba, la sua bocca, le sue mani... vorrei che questa magia, questa alchimia rimanessero qui con noi, per sempre.

Credo di essere felice.

La mattina andiamo a fare colazione a Sirmione in un bar fronte lago, io leggo (o meglio rileggo) *Post Office* di Bukowski, lui parla al cellulare, poi, a sorpresa, mi propone una visita al castello. Quindi niente lavoro questa mattina. Il che significa...

«Non ho detto che si abbandoni il progetto dell'albergo. Lo sospendiamo momentaneamente finché non avrò parlato con i responsabili della casa famiglia che, ti ricordo, non sappiamo neppure se sono interessati.»

Ma io sono già molto soddisfatta di questo.

«Ok, quando lo posso dire a Sassi?»

«Quando vuoi. Se Sirmione e una villa in stile palladiano fanno al caso loro, organizzeremo un incontro con Max Bauser e con il responsabile della casa famiglia da Bauser Benelli e Villard, a Milano. E faremo una proposta.»

Mi alzo e lo abbraccio di slancio.

«Grazie» e lo bacio con passione. «Grazie. Grazie. Non potevo sperare in un regalo più bello.»

«Ok, allora disdirò l'ordine per il collier di Bulgari che ho fatto oggi» mi prende in giro.

E io mi metto a ridere. Così. Sono allegra e non solo perché mi ha accontentato, ma perché farlo su una cosa così importante può significare soltanto che tiene in qualche modo a me. Credo di amarlo. E questa è proprio grossa. E credo che anche lui provi qualcosa per me.

Torniamo a Verate nel tardo pomeriggio. Sazi. Di sole e dell'azzurro del cielo e del lago; del cibo con cui Ersilia ci ha rimpinzati; del tuffo nel passato fatto grazie alla visita al castello, dove Andrea ha scoperto che soffro anche di vertigini ma non ha riso di me; di bellezza (tanta, tutta intorno a noi) e di amore (tanto, e di tutti i generi).

Ho chiamato Sassi, la proposta l'ha entusiasmata e fisserà un appuntamento al più presto. Nel frattempo, come da accordi con Andrea, le invio le foto che ho scattato alla casa.

Arrivati a Verate, io mi affretto controvoglia verso l'agenzia dove incontrerò l'assistente di Fosco Arlandi, il regista in odore di premio Oscar che pare desideri trovare casa in campagna, e malvolentieri mostrerò casa Levati. Andrea invece andrà da Giacomo.

«E poi dovrò lavorare. Ho una *conference call* con Londra che mi terrà impegnato per gran parte della serata.»

Ci vedremo per cena. A casa sua.

Casa Levati a Veronica Palmieri piace, prende altre foto di dettagli che mai mi sarei sognata di inserire nella presentazione: il disegno dei vasi di maiolica che contengono i limoni all'ingresso, una peonia rosa dal cespuglio in mezzo al prato, la trama del tessuto che ricopre il divano di velluto del salotto, l'angolo in alto a sinistra del camino di pietra scolpita, le increspature del fiume (o meglio *una* increspatura del fiume.)

«Sono foto emozionali che trasmettono sensazioni, inviano un messaggio affinché il maestro possa percepire questo luogo.»

Già. Mentre altre cose come l'ottimale gestione dei volumi e la perfetta divisione degli spazi, i cinque bagni di cui tre *en suite*, il bel giardino, non influiranno sulla decisione del maestro. Capisco.

Poi, mentre torniamo verso l'agenzia, Veronica mi rivela una sua perplessità: «La casa mi piace molto, temo solo non sia abbastanza originale per il maestro. Insomma, non lo distingua abbastanza. Sa, lui ha fatto dell'agire sempre fuori dagli schemi la sua cifra stilistica».

Ah, è l'originalità che cerchi? L'agire fuori dagli schemi? Ti accontento subito.

«Veronica, lasci che le mostri una cosa. È ancora in fase progettuale ma è sicuramente fuori dagli schemi. Molto fuori dagli schemi, glielo assicuro.»

Dopo aver lasciato una Veronica ipereccitata per quello che le ho mostrato non torno in agenzia, prima di tutto perché preferisco rimandare a domani il confronto con il geometra Volpe e la discussione che ne seguirà, secondo, perché desidero mantenere la promessa fatta a Giacomo di andare a leggergli qualcosa. Scelgo nella libreria l'ultimo libro che ho letto e che raccoglie molte cose che amo: la Scozia, i libri, i gatti e l'ironia.

Questa volta Giacomo è a letto. È pallido, temo sia uno dei suoi giorni "no". Mi fermo indecisa sulla soglia. L'infermiera che si muove intorno a lui si volta verso di me, scuote la testa: «Mi dispiace, abbiamo avuto una giornata difficile, deve riposare, niente visite per oggi».

«Amarilli, lasciala rimanere, per favore. Ciao, Bianca.» La voce è irriconoscibile. Mi sembra impossibile che solo ieri mattina ho riso e scherzato con lui.

«Ciao, Giacomo.» Ha cuscini che lo sorreggono dovunque per permettergli di stare seduto nel letto.

«Prometto che non giocheremo a tennis, Bianca è qui per leggermi un libro» dice rivolto all'infermiera.

Lei lancia uno sguardo severo prima a lui poi a me: «Guai se si stanca, ok?».

Quindi esce e io mi siedo accanto al letto.

«Allora sorprendimi, che libro hai portato con te? Céline per scandalizzarmi? Plutarco per fare colpo? O la Austen per un intermezzo romantico?» La voce è stanca, la voglia di scherzare ancora no.

Mostro il libro: «*Una vita da libraio*, scritto da Shaun Bythell, proprietario della più fornita libreria dell'usato della Scozia» declamo. «Vedrai, ti piacerà.»

«Ah, un libro sui libri. Ci sarà da sganasciarsi.»

E invece, come ero certa, ci si diverte un sacco leggendo di Nikki, l'aiutante perennemente in tuta da sci, e dei suoi «venerdì del ghiottone», giorno in cui settimanalmente preleva dal cassonetto del supermercato dolci scartati, gli aneddoti sui clienti (molti strampalati) e le osservazioni ironiche, graffianti e spesso ciniche del nostro libraio.

Io rido. Giacomo sogghigna. Poi torna l'infermiera Amarilli e mi caccia: «Per oggi basta».

Mi alzo obbediente ma Giacomo: «Bianca, ancora un attimo...».

«Sono qui.»

«Andrea mi ha parlato della tua proposta relativamente alla casa di Sirmione...»

«Sì.» E...?

«L'ho già detto a lui, io sono d'accordo ma mi devi promettere di tornare. La prossima volta parliamo.»

«Sicuro che torno, se tu mi prometti di stare bene.»

«Sì, certo...» Ma si è già assopito.

Questa sera cena a casa Sanna.

L'appartamento è come me l'aspettavo. Molto maschile, molto inglese. Pannelli di legno, divani in cuoio, mobili in solida quercia, plaid scozzesi, qualche bel bronzo come soprammobile.

Sul tavolo all'ingresso la scatola che ha riportato quel giorno da Lazise. Le lettere. Già.

Lui è senza giacca e senza cravatta, la camicia bianca ha le maniche arrotolate. Il cuore fa un tuffo. Lo bacio con una bella dose di avidità. Lui ricambia. Poi quando ci ricomponiamo: «Ma allora la scatola… di che lettere si tratta?». Non c'è niente da fare, posso controllarmi per un po' ma poi…

Lui getta un'occhiata verso l'ingresso: «Lettere dall'Australia che mia madre ha inviato a me e a Giacomo».

Della madre? La stessa madre di cui nascondiamo le foto e nella cui stanza non vogliamo entrare?

«Ricordi importanti e piacevoli quindi» dissimulo.

«Non lo so, non le ho ancora lette…»

Lo guardo interrogativa.

«Bianca, è… complicato, diciamo» e si interrompe. È chiaro che è un argomento che non ama toccare.

Quindi per il momento lo accantono e proseguo con ciò che mi sta più a cuore: «Sono stata da Giacomo».

«Come l'hai trovato?»

«Stanco. Provato.»

«Sì, ha avuto una crisi respiratoria oggi…» Scuote la testa e leggo nei suoi occhi tutta la sua pena.

«Ma sempre con la battuta pronta.»

«Sì, è proprio da lui.» Sorride. Si capisce che prova grande ammirazione per il fratello, oltre che molto affetto.

Poi a cena, versandomi un bicchiere di vino rosé perfetto accompagnamento al carpaccio che ha preparato, mi stupisce: «Quando andiamo da Bauser vorrei conoscere tua sorella Eugenia. Invitala a cena con il suo fidanzato».

«Va bene.» Io ho conosciuto suo fratello, mi sembra giusto che lui conosca Eugenia, lei ne sarà contenta, lo so. Fin troppo.

Poi ci guardiamo, lui allunga una mano e mi accarezza con

la punta delle dita l'interno del braccio, partendo dall'incavo del gomito e scendendo leggero fino al polso. Accendendomi.

«Hai una pelle di velluto.» La voce resa roca dal desiderio.

E il dessert rimane a sciogliersi nei piatti.

Sassi mi chiama la mattina dopo: «Max e Luca possono incontrarvi questa sera alle diciassette, se per voi va bene. In studio, a Milano».

Io chiedo ad Andrea, che annuisce.

«Bene, allora a questa sera.»

Siamo alla palazzina ICTP e proseguiamo con la perizia. Niente di nuovo da segnalare rispetto a ciò che abbiamo visto finora. C'è una certa giustizia nel decadimento, tutti gli appartamenti soffrono democraticamente degli stessi problemi. Di questo passo la perizia definitiva sarà pronta in una decina di giorni.

Ma veder lavorare Andrea è un piacere. Schizza progetti dovunque con grande abilità. Sarebbe stato un meraviglioso architetto, ma anche come ingegnere mi colpisce, calcolando a mente e con estrema precisione il numero di putrelle necessarie alla portata delle solette. O forse anche in questo gioca molto il mio sguardo su di lui, che adesso è decisamente diverso.

Sono giornate intense in cui mi dedica molte ore durante il giorno e tutte le sue notti.

Appena posso chiamo Eugenia e le chiedo se lei e Luca sono liberi questa sera e se fa loro piacere uscire con me e un amico a cena.

«Un amico? Un amico come?»

«Un amico a cui tengo veramente molto.»

«Interessante. Sono davvero curiosa» e so che lo è.

«Per favore, scegli tu il ristorante, Andrea vorrà offrirvi la cena ma tu sei sicuramente più addentro al magico mondo della ristorazione milanese.»

«Bene, volentieri. Pizzeria o stellato?»

«Una via di mezzo, direi.» Ed è una risposta che la soddisfa.

Poi, nel pomeriggio, partiamo per Milano. Propongo di andarci con la mia auto. Praticamente, a parte per recarmi a pranzo dai miei qualche volta la domenica, non l'ho più mossa da quando sono arrivata a Verate.

Leggo una traccia di panico nei suoi occhi.

«Andrea, non dirmi che sei uno di quelli, come mio padre, che si sente sicuro solo se guida lui...»

«No, non è questo ma...» Non riesce a essere convincente.

«Be', allora è deciso. Guido io.»

Arriviamo in scioltezza in centro a Milano e parcheggio nel silos di via Camperio con una perizia che solo chi abita nelle grandi città è in grado di apprezzare. E infatti: «Guidi molto bene». C'è stupore più che condiscendenza in questo commento. Dovrei esserne offesa.

Percorriamo corso Magenta per raggiungere via San Nicolao, dove si trova lo studio. Entrati nella reception, siamo subito indirizzati al sesto piano dove ci attende Kristine, l'assistente dell'avvocato Bauser (un feldmaresciallo austroungarico fatto segretaria), che ci accompagna nella sala riunioni. Lì incontriamo Max Bauser, titolare dello studio e marito di Sassi, Luca Galimberti, direttore della Onlus Casa Familia che si occupa di gestire centri di accoglienza per minori, e la loro esperta di fondazioni e Onlus.

È Max a condurre l'incontro: «Il nostro studio siede nel consiglio della Onlus Casa Familia, è quindi nostro diretto interesse esaminare la proposta che intendete farci. Come sapete, una delle strutture ha subìto lo sfratto da parte della proprietà e abbiamo la necessità di prendere una decisione rapida al fine di non creare discontinuità nel servizio offerto».

Bauser è bello di una bellezza non comune, due occhi azzurri che tendono a inchiodarti, carisma, sicurezza. Un uomo notevole.

Poi interviene Galimberti: «La struttura oggetto dello sfratto accoglie adolescenti maschi e attualmente ospita otto ragazzi, il massimo della capienza è dieci ma cerchiamo di evitare di raggiungere questo numero per non perdere il senso del nucleo famigliare che si vuole in qualche modo ricostruire; inoltre ci sono due educatori fissi che vivono con loro e un certo numero di volontari. Si deve quindi pensare a una comunità di una quindicina di persone. Abbiamo potuto esaminare i lati positivi e le criticità della struttura in questione e anche del territorio e siamo giunti alla conclusione che i primi superano le seconde.»

Anche Galimberti è un uomo decisamente di fascino. Dalla sua anche la scelta di dedicarsi al sociale che gli dona una certa aurea da *good guy*.

Poi però è Andrea a prendere la parola. E allora li stende tutti.

«La proposta è molto semplice, io e mio fratello Giacomo, che ne siamo i legittimi eredi, lasciamo la villa, il parco e parte degli annessi in comodato d'uso gratuito per un periodo di vent'anni alla vostra Onlus per gli scopi che quest'ultima si propone nello statuto, e cioè ospitare minori momentaneamente bisognosi di un posto sicuro in cui vivere. Inoltre verrà creato un fondo che vi permetterà di far fronte alla manutenzione ordinaria, alla straordinaria si provvederà come previsto dal codice civile. Tre le condizioni che poniamo...» Si guarda intorno e ha chiaramente l'attenzione di noi tutti: «In primo luogo la casa del custode rimarrà di nostro uso esclusivo, secondo, gli attuali custodi resteranno nella villa padronale come volontari. Ed ecco la terza condizione: Vincenzo, il custode, da anni ha avviato una fiorente e redditizia attività di apicoltore che dovrà essere mantenuta e anzi alimentata con l'aiuto degli ospiti. È un impegno di poche ore alla settimana e i proventi saranno naturalmente vostri».

Come dicevo, li stende.

E stende anche me, in verità. Cos'è questa novità del comodato d'uso?

«Dei lavori per il raggiungimento dei requisiti strutturali a norma di legge verranno eseguiti da noi su progetto dell'architetto Maffei. Se la proposta riveste interesse per voi, fatemi avere una bozza di accordo, dopo una vostra visita alla struttura, ovvio.»

Bauser e Galimberti si guardano per qualche secondo. Ma non c'è storia.

Bauser alza le mani in una finta resa e poi sorridendo: «Gliela invieremo al più presto. È una proposta molto generosa. Se non sono indiscreto, posso conoscere le motivazioni che la spingono a questo gesto?».

Andrea guarda me e risponde continuando a fissarmi: «È una cosa su cui Bianca mi ha fatto riflettere e io e mio fratello l'abbiamo trovata una buona idea».

Max annuisce come se capisse. Beato lui. Poi strette di mano e scadenze da rispettare.

Siamo alla reception che aspettiamo Eu e Luca.

«È un gesto bellissimo, ma io non ti avevo suggerito questo.»

Lui mi guarda serio: «Ne sei sicura, Bianca?».

E a pensarci bene, no, non ne sono sicura.

Serata piacevole con mia sorella e il mio futuro cognato. Anche se quando Eu ci raggiunge mi pento di essermi volontariamente sottoposta come già molte altre volte in vita mia al gioco del "trova le differenze".

Lei è bella in un modo ingiusto. Indossa un abito di shantung blu e un giacchino della stessa seta ma in una fantasia che mischia il blu al verde scuro. I suoi colori. Quelli che insieme al nero meglio fanno risaltare la sua pelle, i suoi capelli, i suoi occhi. Io mi sono messa supercarina, ma so che in confronto a lei passo inosservata.

Però è mia sorella, le voglio bene e a suo merito va il fatto che mai in passato ha flirtato o cercato di farlo con uno dei miei ragazzi.

Ma se per un malaugurato caso succedesse questa sera, per me sarebbe insopportabile. Come mai in passato.

Prima di cena ci fermiamo in un bar per l'aperitivo. Un posto carino con poltroncine e un po' di verde vicino al Castello.

«Ho saputo che siete venuti per una tua donazione alla Casa Familia…»

«Sì, io e mio fratello abbiamo ricevuto un'eredità e abbiamo deciso di devolverne parte alla Onlus che voi patrocinate.»

«Be', un bel gesto… e un bel gesto di cortesia da parte di Max essere presente… una donazione importante, immagino.»

«Sì, è stato molto cortese» lascia cadere Andrea.

Cerco gli occhi di mia sorella. So cosa sta facendo. E non deve farlo.

«E cosa fai nella vita?» Eccola qui. Indaga. Ha una mentalità da avvocato penalista, lei. Non so proprio perché abbia scelto il civile, poi. Ah già, perché si guadagna molto di più.

Andrea si appoggia allo schienale della poltroncina e con un sorriso che mitiga il fastidio per una domanda così diretta dice: «Lavoro alla Patrol Real Estate».

«Maddai… la società immobiliare della City? Quella?»

«Sì, quella.»

«E in che ruolo?» Lo guarda con occhi innocenti mentre sorseggia il suo cocktail.

«Sono socio e chief executive.»

Manca poco che Eugenia si strozzi con il suo Moscow Mule.

Luca nel frattempo se la ride sotto i baffi.

«Bello.» E, incredibile, tace.

La serata poi passa piacevolmente. Ma al momento di congedarsi, forse a causa del troppo Ferrari brut bevuto con le *crudités* di mare, mia sorella ha una ricaduta.

«Be', Andrea, è un piacere averti conosciuto. E una vera sorpresa. Ho sempre pensato che Bianca sarebbe finita con un muratore, e invece... eccoti qua! Socio e amministratore delegato della più importante società immobiliare attiva nel recupero di grandi immobili... quotata in borsa... quanto avete dichiarato l'anno scorso? Duemil...»

Luca a questo punto decide di intervenire. «Vieni, Eugenia, ora è meglio se andiamo a casa.»

E se la porta via.

Andrea la guarda allontanarsi, poi guarda me e mi dice: «Tua sorella è una vera forza». Per poi aggiungere: «Lui un vero santo».

«Non trovi che Eugenia sia bellissima?» domando giusto per esercitare il mio masochismo.

«Sì, bellissima... non potrebbe essere diversamente, è la tua gemella e tu...» mi regala uno sguardo sensuale e si avvicina prendendomi le braccia e intrecciandole con le sue dietro la mia schiena «tu sei un vero schianto.» E mi bacia con passione.

Solo il preludio di ciò che succederà più tardi nel suo letto.

15

Meravigliosa interpretazione di spazi e volumi in stabile originalissimo e funzionale inserito in contesto storico.

«Insomma, Bianca, si può sapere cos'hai combinato con Veronica Palmieri? Mi ha detto che non è più interessata all'abitazione dei Levati perché tu le hai fatto "un'altra proposta" che voi, tu e lei, ritenete più adatta ad Arlandi. Posso sapere di cosa stava parlando?»

E alla fine è arrivata la resa dei conti. Dopo essermi nascosta per tutto il giorno, eccomi qui ai piedi della scala a fare rapporto a un geometra Volpe sufficientemente alterato.

«Le ho fatto vedere la torre dell'acqua. Solo da fuori, s'intende. E a lei è piaciuta molto. Le ho dato un'idea di quello che potrebbe diventare e promesso un progetto dettagliato con il rendering... peraltro l'agenzia l'aveva nel data base, pensavo fosse un'idea sua, geometra.»

«Un'idea... più che altro una *boutade*, quando la società che lo gestiva l'ha dismessa ho promesso all'allora sindaco... allora era ancora Valenti il sindaco, di trovare una soluzione, era più una promessa fatta a lui che altro... verrebbe via per poco... ma non so se...»

«Secondo me può funzionare... potremmo coinvolgere Sanna nel progetto, i disegni li preparo io e li sottoponiamo ad Arlandi con un preventivo. Cosa ne dice?»

«Dico che questa idea è al momento campata per aria e che nel frattempo abbiamo perso la vendita della casa della signora Levati e chissà quando avremo l'occasione di un altro acquirente!»

«Credo che non sia campata in aria, ho trovato molti riadattamenti già posti in atto, anche in Italia, e per la casa della signora Levati ho un'idea ma devo parlarne con gli interessati ed è veramente troppo presto per esporla.» Comincio ad avere il torcicollo qui ai piedi della scala con gli occhi rivolti verso di lui.

«Ok, voglio fidarmi di te, coinvolgi l'ingegner Sanna, allora...» Mi sembra rassicurato, sta per rientrare nel suo ufficio quando si rigira e dice: «... che peraltro mi sembra sia già abbondantemente coinvolto con te», e chiude la porta ridacchiando tutto fiero della sua battuta.

Io e il «coinvolto» ci siamo lasciati questa mattina quando, dopo colazione, sono venuta subito qui mentre lui andava verso l'ospedale; adesso abbiamo un appuntamento per pranzo.

Quando lo incontro gli chiedo di Giacomo. Mi guarda perplesso.

«Non sei andato da lui questa mattina?»

«Ah sì, certo...» ma mi sembra distratto.

Durante il pranzo traccio a grandi linee il progetto.

«Ho visto qualcosa in Inghilterra e devo dire che la cosa è fattibile. Come vorresti procedere?» mi chiede.

«Ho pensato che potrei preparare un progetto e, se ti va, potresti firmarlo tu. Poi potreste occuparvene voi, se vuoi.» Sono titubante. Dopo il comodato d'uso gratuito non vorrei forzargli di nuovo la mano.

«Sì, certo, lo firmerò» conferma, ma è decisamente distratto.

Gli faccio vedere le foto del serbatoio.

«Vedi? Ha un primo ambiente qui a piano terra dove organizzare un ingresso e installare l'ascensore, che poi si svilupperebbe nella colonna che una volta trasportava l'acqua, mentre per le scale lascerei l'attuale struttura elicoidale in metallo di recente installazione. Certo, andranno fatte delle solette *ad hoc* e aperte delle finestre direi a un metro e mezzo di distanza una dall'altra, ma può venirne fuori un'abitazione originale e anche comoda, di alto impatto mediatico, penso alle riviste *Architectural Digest*, *Elle Decor*… sarà la casa ideale per una personalità artistica come Arlandi, sì, ideale.»

Lo guardo sicura di trovare consenso in lui, invece è lì che mi fissa serio: «E come sarebbe invece la tua di casa ideale, Bianca?». La voce ha una sfumatura cupa, accigliata, che non corrisponde al tono della domanda, che mi sembra una domanda bellissima e quindi decido di ignorare la sensazione di disagio e accolgo con un certo entusiasmo l'offerta di raccontare la mia casa dei sogni.

«Solida, comoda, vecchio stile, con le persiane in legno, nel verde in mezzo ai fiori e con un grande albero a ombreggiarla, sicuramente vicino a un corso d'acqua, un fiume o anche… ah, sarebbe bellissimo in riva a un lago! Su due piani, con una grande cucina dal pavimento di piastrelle bianche e blu… tutta l'energia rinnovabile possibile, bagni quanto basta, una lavanderia, uno studio tutto per me, un camino da accendere nelle sere d'inverno, giocattoli ovunque, pastelli e fogli sul grande tavolo… una terrazza con vista… voci di bambini che si rincorrono, disegni infantili alle pareti, uno skateboard pericolosamente abbandonato sulla soglia e un adolescente sdraiato sul divano… biciclette sul prato, una cuccia per un cane… quanto mi piacerebbe un corgi, lo chiamerei Barnaby, e una gattaia per un gatto rosso enorme che fa le fusa strusciandosi contro le mie gambe».

Mi rendo conto di aver chiuso gli occhi mentre descrivo, lasciando che tutto ciò che desidero di una casa si concretizzi nelle mie parole.

Quando li riapro so di avere un'espressione scioccamente raggiante. Come se quella fosse la realtà e non solo frutto della mia immaginazione. Un gioco che mi fa piacere condividere qui con lui. O mi farebbe piacere se lui non mi gelasse.

«Hai descritto più un concetto che un edificio. Il tuo ideale di famiglia, direi.» Una certa sfumatura di assurdo rimprovero.

«Ho descritto quello che per me sarebbe "casa"» rispondo sulla difensiva.

«Che pare non prescindere dalla presenza di un certo numero di ragazzini.»

«Be', non sono i ragazzini che tengono viva una casa?»

«Be', sì... immagino di sì.» China la testa e torna al suo filetto di persico. Poi, per il resto del pranzo, rimane assorto ed è impossibile coinvolgerlo in una conversazione.

«C'è qualcosa che ti preoccupa?» dico all'ennesimo monosillabo che ricevo in risposta ai miei rilanci su numerosi argomenti. «Giacomo forse?»

Lui alza per un attimo gli occhi dal piatto dove li ha ostinatamente tenuti.

«No, tutto bene.» No, che non va tutto bene. Questo suo tenermi fuori è tanto doloroso quanto incomprensibile.

Quando, dopo un veloce bacio che ha più il sapore di una strana fretta che del solito caldo indugiare, se ne va, rimango a guardarlo a lungo con una punta d'inquietudine. Dove sono finite la passione e la complicità delle nostre notti?

Per tutto il pomeriggio lavoro al progetto. Con un certo entusiasmo, devo dire. Poi, quando sono le cinque, decido che è arrivata l'ora di andare da Giacomo. Ho il libro in borsa e quindi non ho necessità di tornare a casa.

Lo trovo nella sala comune in compagnia di una giovane volontaria che sta ridendo alle sue battute.

Appena mi vede mi sorride allegro.

«Hai portato il libro? Mettilo via. Oggi parliamo. Ti va un giro nel parco?»

E mi precede verso l'uscita guidando spedito e sicuro.

«Hai visto Andrea questa mattina?» Magari Giacomo conosce le ragioni del suo strano comportamento. Sa cosa lo ha turbato.

«No, verrà più tardi, immagino.»

Stiamo procedendo lungo i vialetti del parco. Io mi fermo: «Come, non è venuto a trovarti oggi?». Allora ho visto male.

Anche lui si ferma e si gira sulla sedia per potermi guardare negli occhi e, equivocando la mia domanda, si fa improvvisamente serio: «Viene tutti i giorni quando è a Verate. Sai, i primi tempi del mio ricovero sono stati, diciamo, piuttosto difficili, soffrivo d'insonnia e questo mi agitava molto, per un lungo periodo lui mi ha tenuto compagnia di notte leggendo o giocando a scacchi con me. È un bravo fratello, lo è sempre stato. Non si meritava questo».

"Perché, c'è qualcuno che se lo merita?" penso e mi tengo per me.

«Ci siamo sempre stati l'uno per l'altro. Da ragazzini siamo praticamente cresciuti da soli. Dopo il divorzio mio padre è tornato a Cagliari e noi tre ci siamo rifugiati dalla prozia Elena. Ma mia madre è sempre stata una persona inquieta. Molto. Non sopportava la vita tranquilla di Sirmione, e così appena ha potuto ha preso il volo. Letteralmente.»

Lo guardo incuriosita.

«Era una valente pianista, Chopin soprattutto, e durante un concerto alla Villa Cortine aveva conosciuto un ospite australiano che era tornato in Australia portandosi lei come souvenir.» Parole leggere, ma negli occhi verdi un dolore che pesa.

«E voi?»

«Noi niente. Io avevo dieci anni allora e Andrea dodici. Mio padre si era già rifatto un'altra famiglia e quindi siamo rimasti con la zia che mai le ha perdonato quella fuga. Perché di fuga si era trattato. Quando, due anni dopo, è morta precipitando con il suo Piper mentre tornava da Sydney all'azienda vinicola di proprietà del nuovo marito, quest'ultimo ha scoperto che c'erano due ragazzini in Italia che continuavano a ricordarla come la loro madre.»

Rimango ammutolita. E penso a quei due maschi sospesi fra infanzia e adolescenza e alla loro improvvisa, sofferta solitudine.

«È stato Andrea a soffrirne di più. Loro due erano molto legati. Lui da allora non ha più suonato il piano, credo le ricordasse troppo... *lei*, è così che abbiamo cominciato a chiamarla. Ed è stato un peccato, era un vero talento.»

«Ma non si è mai più messa in contatto con voi?»

Lui scuote la testa.

«Pensavamo di no, ma adesso sono saltate fuori queste lettere...»

Ma non faccio in tempo a chiedere dettagli su queste lettere perché Giacomo ha un altro visitatore: un suo ex alunno che è venuto a trovarlo. Li lascio promettendo di tornare domani.

Mi è rimasto il sapore amaro in bocca pensando a due ragazzini abbandonati da entrambi i genitori. Non vedo l'ora di poter abbracciare Andrea.

Ma in realtà non lo farò, perché non ne avrò più la possibilità.

Prima quel messaggio così asciutto: "Questa sera sono impegnato. Ti aspetto domattina dai Moretti".

Poi, dopo cena, non risponde alla mia chiamata né al mio messaggio di buonanotte che rimane non letto.

Passo una notte agitata. Mi manca. Non sono più abituata a dormire sola. Mi manca. E quel timore che mi gira per la testa...

Quando mi sveglio il primo pensiero va a lui. Come sempre peraltro. Scendo al bar della trattoria per colazione. È già lì. Ed è come se avessi fatto un *quantum leap*.

È seduto a un tavolino in ombra da dove si gode la vista del fiume e degli alberi.

Una parete di plumbago celeste a fargli da sfondo.

Elegante in completo grigio chiaro, cravatta sottile di una sfumatura più scura su una camicia bianca. Dalla manica della giacca spunta il polsino della camicia e dal polsino un orologio importante, ai piedi scarpe inglesi lucide. Unica deroga alla sobrietà più convinta la fantasia paisley grigia e azzurra nella porzione di calza che si intravede. Un mix di colori freddi in netto contrasto con la calda mattina di agosto.

Sta leggendo il giornale tenendolo aperto davanti a sé, le gambe accavallate.

Il profilo è affilato.

Quando arrivo davanti a lui lo sguardo che mi concede da dietro gli occhiali è anch'esso cortese ma gelido, e cortese e gelida è anche la sua voce quando dice: «Buongiorno, Bianca», mentre chiude il giornale con la cura e la precisione di un origamista.

Mi siedo. Ma il cuore è già volato via. Al suo posto un grumo nero. Cosa sta succedendo?

«Oggi parto, torno a Londra.»

Londra.

«Ti volevo salutare.»

Mi voleva salutare.

«Per i progetti in corso, ti faremo sapere chi sarà il referente che li seguirà con cui potrai interfacciarti e che sarà a tua disposizione per qualsiasi tua necessità.»

I progetti in corso.

«Ti ringrazio molto, sei stata una risorsa sul campo preziosa.»

Una risorsa preziosa. Sul campo.

Io deglutisco. Aspetto che aggiunga altro. Qualcosa di rassicurante tipo "Tornerò tutti i fine settimana", o di esaltante come

“Vieni con me”, e invece nulla. Rimane silenzioso in attesa di un mio commento che stento a formulare data la confusione che questo suo annuncio ha provocato nella mia testa. E alla fine riesco solo a balbettare: «Q-quando?».

«Ho il volo da Linate alle undici e trenta.»

Devo avere uno sguardo disperato perché lui ripete: «Per i progetti non ti devi preoccupare».

«Per i progetti… certo. E… noi?» E quanto mi costa fare questa domanda?

Lui si china leggermente verso di me.

«Noi? Un intervallo piacevole» con un tono così indifferente che, se non fossi annientata dalla sorpresa, mi farebbe scattare automaticamente un ceffone.

La mia espressione deve dirgli qualcosa perché in un tono che contiene una sfumatura di esasperazione e tamburellando in modo fastidioso le dita sul tavolino di metallo spiega: «In fondo sono state solo poche settimane».

Sei, sono state sei settimane. Credo di non riuscire a nascondere ciò che provo perché a questo punto lui sbotta: «Le cose vanno così oggi, no? Ci si conosce, ci si piace, si sta insieme per un po’… sono i rapporti liquidi, facili e superficiali… come ho detto, è stato bello. Molto. Ma niente è per sempre, lo sai. Ora si va avanti, si passa ad altro». Guarda l’orologio con la solita, vecchia, fredda cortesia tanto simile alla scortesia: «Scusami, ma è proprio ora che vada. Buona giornata, Bianca». Si alza con *nonchalance* ignorando la confusione che ho in testa e la dolorosa sorpresa che mi paralizza, ma dopo che mi è passato accanto torna indietro di un passo per darmi un bacio sulla tempia. E non è più qui.

Lui non è più qui. Non posso crederci.

Eleonora passa dopo un po’ e, notando la colazione intonsa davanti a me, chiede allarmata: «Cosa c’è?».

Ma io riesco solo a scuotere la testa. Lei allora mi si siede accanto e mette la sua mano sulla mia.

«Quando sei pronta, io sono qui.»

Ma io non sarò mai pronta. Lo so. Voglio solo tornare in casa. Tornare a letto. E piangere. Per tutto il giorno. E così faccio.

Piango rivivendo uno per uno tutti i meravigliosi istanti che ho creduto di vivere insieme a lui e che invece erano solo menzogne e falsità. Giusto per farmi del male.

Mia sorella decide proprio ora di chiamarmi per dirmi che è stata proprio una bella serata e che lei e Luca desiderano sdebitarsi e offrirci una cena, magari a casa loro.

Trovo dentro di me la forza di dirle con tono indifferente che fra me e Andrea è finita.

«Ma come? Solo ieri sembravate così innamorati! Si può sapere cos'è successo?»

A cui dovrei rispondere con un'altra domanda: "Lo sai tu?".

E invece rispondo con una banalità: «Be', sai come vanno queste cose. Un giorno ci si piace e il giorno dopo non ci si piace più». Troppo, troppo presto per rivivere con lei lo shock di questa mattina.

«Ah, è così che vanno? Non lo sapevo. Proprio non lo sapevo. E pensare che l'avevo già detto alla mamma!»

E questa è una pessima, pessima notizia, perché ha come conseguenza una telefonata di mia madre, a cui mi è oltremodo penoso spiegare che Andrea non è più nella mia vita e che comincia a trattarmi come se fossi malata: «Tesoro, che peccato! E io che speravo...» e sappiamo bene entrambe che cosa sperava. «Torna a casa per un po', così stacchi, ti allontani dai ricordi... ti cucino qualcosa di buono ma sano, così ti rimetti da questo brutto colpo. Vieni e lasciati coccolare un po'.»

«Mamma, non facciamone un caso. Io e Andrea siamo stati

bene insieme, ma ora è finita.» Riesco a dirlo senza scoppiare in lacrime e con un tono quasi mondano. Sono decisamente pronta per il Piccolo Teatro.

E a questo punto persino mio padre mi vuole parlare e approfitta per dirmi che questa è una buona occasione per lasciare Verate e tornare a Milano. Come se tutto girasse intorno ad Andrea e io non avessi anche delle responsabilità legate al mio lavoro.

Già, il mio lavoro.

Dopo due giorni che non mi presento in agenzia e non rispondo né al cellulare né apro la porta alle ragazze limitandomi a un vago «adesso mi alzo» ripetuto a intervalli regolari ma sempre disatteso, applicando il concetto del "Se la montagna non va a Maometto..." alla mia porta si presenta il geometra Volpe in persona.

Io sono in pigiama, lui, senza l'ausilio della scala, è molto basso ma anche molto agguerrito.

«Non ho capito bene cosa sia successo,» inizia senza nessun preambolo agitandomi il dito sotto il naso «ma in agenzia c'è del lavoro da fare. E molto. Perciò ti concedo quindici minuti e poi ti voglio vedere operativa alla tua scrivania.» Sta per voltarsi, ma poi gli viene in mente qualcos'altro: «E una volta lì mi spiegherai per filo e per segno cosa vuoi fare con la casa della signora Levati. Che è anche ora!».

Cosa che, strano ma vero, in qualche modo mi trascina fuori dal letto.

In agenzia mi aspetta Cristina con una tisana al sambuco «contro il nervosismo» mi spiega, aggiungendo: «Ci ho messo del miele».

E io immediatamente creo la mia personale catena di parole: miele-arnie, arnie-Sirmione, Sirmione-Andrea, Andrea-dolore. E sconcerto. Per un attimo sto per vacillare, poi però la voce di Volpe mi riporta alla realtà, e ancora una volta sono sotto la scala, questa volta per spiegare cosa ho intenzione di fare con la casa della signora Levati.

«Come sempre azzardato, ma può funzionare» mi concede lui alla fine della mia esposizione. «Solo, sbrigati a concludere il tutto che la cosa va avanti da troppo tempo.»

E come spesso accade il lavoro mi salva dal cadere nel buco nero della depressione più disperata. Ma non dal provare questo dolore sordo e cupo che non mi abbandona mai.

16

Appartamenti in cohousing in piccola comunità collaborativa e felice offresi.

Raduno gli interessati, minori compresi, a un tavolo della trattoria. E, se solo non fossi così svuotata di ogni capacità di provare emozioni, mi rallegrerebbe questo mio agire un po' alla Hercule Poirot.

Ma questa cosa va fatta, da troppo tempo prometto una soluzione per casa Levati.

L'appuntamento è per le diciannove. La prima ad arrivare, con largo anticipo, è ovviamente la professoressa Rizzi con Paolo, poi la signora Levati, l'unica a conoscenza di quello che sta per succedere, e alla fine, di corsa dal fiume e in tenuta da runner, Mauro Sturba, il fisioterapista.

Li ho convocati qui nella frescura serale della terrazza sul fiume per rendere la cosa più piacevole e meno formale di una riunione presso l'agenzia. E poi ci sarà una piccola sorpresa. Con me, a dare un che di ufficiale, Cristina con il computer aperto e tre buste vicino a sé. Io invece ho stampato alcune foto della casa e del giardino.

«Bene, ci siamo tutti.»

«Tutti chi?» chiede la nostra puntigliosa insegnante.

«Tutti coloro a cui vorrei fare una proposta.» Sorrido e lancio uno sguardo circolare sui presenti. «Una proposta che dovrebbe unire l'esigenza della signora Levati di vendere una casa che lei ama molto e che lascerebbe con dolore e le vostre esigenze che non trovano una reale soluzione in ciò che il mercato al momento offre qui a Verate.»

La professoressa Rizzi si sporge verso di me incuriosita, Sturba invece si appoggia allo schienale della sedia allontanandosi sospettoso.

Faccio un cenno verso madre e figlio: «Voi desiderate una casa con giardino, o meglio con un prato, lei...» e ora è Mauro Sturba che sto guardando «lei temeva che vivere da solo non fosse la soluzione migliore e che le sarebbe mancata una famiglia numerosa intorno».

Loro annuiscono, ma è evidente che sono perplessi.

«Ora distribuirò delle fotografie della casa oggetto dell'offerta.»

Le buste vengono aperte subito da entrambi con grande curiosità e un po' di sana diffidenza, la mamma passa al figlio le foto dopo averle guardate.

«Architetto, la casa è veramente molto bella...»

«... e ha anche il prato!» Paolo finisce la frase iniziata dalla madre.

«Però mai potrei pensare di acquistare una villa così grande... quanti metri quadri sarà?»

«Quattrocento, distribuiti su due piani più il giardino.»

Lei mi guarda scuotendo la testa sconcertata.

«Scusate,» interviene Sturba «io cercavo un monolocale, sinceramente non so cosa sto facendo qui.»

Lo guardo sorridendo: «Sta per ascoltare la nostra proposta: un appartamento in *cohousing*».

Ok, adesso mi guardano come se fossi pazza. Solo Mafalda Levati rimane tranquilla.

«La casa al piano superiore è già praticamente divisa in tre appartamenti formati da due vani e un bagno che sarebbero di vostro uso esclusivo, separati in modo tale da permettere la massima privacy; al piano inferiore, invece, la parte in condivisione: una grande cucina, una sala da pranzo per dodici, un'altra sala da pranzo più intima, un salotto con camino. E non vorrei dimenticare il giardino, duemila metri quadri piantumati che si estendono fino alla ciclabile e al fiume.»

Mi sono guadagnata tutta la loro attenzione.

«Ognuno di voi potrà arredarsi l'appartamento a piacere, mentre le ampie parti comuni sono già arredate con grande gusto, e anche il giardino ha un gazebo e degli arredi.»

Sturba alza la mano: «Quando avremo l'offerta? Quando potremo visitarla?».

«L'offerta vi verrà consegnata da Cristina, la casa può essere visitata anche subito se di vostro interesse. Consiglierei però di attendere domattina, non solo per vederla alla luce del sole, ma anche perché avrete potuto pensarci un po' su. Vorrei solo sottolineare i lati positivi di questa proposta: avreste molto di più di quanto potreste permettervi con un acquisto singolo e si creerebbe una piccola comunità di auto-aiuto, che non può però prescindere da rispetto e simpatia reciproci, ed è per questo che l'agenzia Non solo case vi offre la cena di questa sera. Subito dopo Cristina, che rimarrà con voi, vi darà la richiesta, che, ne sono sicura, vi soddisferà.»

«Se non ci sono altre domande…» e dato che al momento non ce ne sono, saluto e mi allontano. Cristina ricambia il saluto incrociando le dita.

Nei miei piani sarei dovuta rimanere io, ma ora non è cosa. Non cenerò neanche e mi infilerò subito a letto, unico posto dove sto bene. Se non fosse per i ricordi di quello che è successo proprio lì…

Com'è possibile che dopo un crescendo durato sì poche settimane ma molto inteso Andrea mi abbia cancellato con questa facilità dalla sua vita? Come si può passare dal calore di una notte di amore al gelo in poche ore?

Due domande che mi pongo circa ventimila volte al giorno. Senza risposta, naturalmente.

Sono già in pigiama che ascolto un audiolibro a occhi chiusi, troppo annientata dall'apatia per girare pagine o tenere gli occhi aperti davanti a un video, quando nell'appartamento irrompe Nuccia. Non faccio in tempo a esprimere tutto il mio stupore e (soprattutto) il mio disappunto che lei esclama: «La mamma ha detto che "bene piangersi addosso, ma mangiare bisogna". Ti ho portato dei panini. Nuove ricette vegane della mamma».

Fantastico.

Cerco di sorridere.

«Grazie, Nuccia, non dovevi...», ma adesso vai via, per favore.

«Ho promesso che sarei rimasta qui a vederti mangiare.» Sospiro. Davvero fantastico.

Prendo un panino ai semi dall'aspetto invitante.

«Quello è hummus e pomodorini secchi.»

Lo mordo, è buonissimo. Ma io non ho fame.

Nuccia si accomoda su una sedia: «E poi sei così triste».

«Già.» Non discuterò con lei l'abbandono di Andrea.

«La nonna dice che il signor Sanna non ti voleva veramente bene, che faceva finta, insomma.»

Non è confortante che il dialogo fra generazioni si nutra delle mie vicende personali?

«Pare.»

Lei si sistema i capelli e poi: «Io non credo sia possibile».

«Cosa?» Do un altro morso. Veramente molto buono questo panino.

«Fare finta di voler bene a qualcuno. Troppo faticoso. Perché farlo?»

«Normalmente per un secondo fine.»

«E quale?» Già, quale? Me lo domando anch'io.

«Magari si sentiva solo» butto lì.

«Ma il signor Sanna è tutt'altro che brutto, certo è molto vecchio… ma peraltro lo sei anche tu…»

Ok, questo non è che faccia proprio bene alla mia autostima.

«… e avrebbe potuto fingere di voler bene a qualcuno quando è arrivato qui più di un anno fa. E invece è rimasto sulle sue finché non sei arrivata tu. C'è di che pensarci su.»

Eh, c'è di che.

Poi, in questi pochi giorni prima della chiusura di agosto, le cose diventano frenetiche.

Sia la professoressa Rizzi che Mauro Sturba, dopo la visita alla casa della signora Levati, hanno deciso per il sì. È un azzardo, lo so, ma secondo me l'eventuale imbarazzo iniziale di dover condividere parte degli spazi sarà altamente ricompensata dall'opportunità di poter vivere in una bellissima casa con persone disponibili ad aiutarsi e ad aiutare. O così spero. Quindi ora si deve stilare il compromesso e avviare le pratiche per la suddivisione, anche al catasto, della casa prima del rogito.

Veronica Palmieri mi conferma l'interesse del Maestro alla trasformazione della torre dell'acqua in abitazione. Il progetto iniziale che ho inviato lo ha «deliziato» e ho promesso che invierò un preventivo di massima dei costi e a tal fine ho coinvolto Vittorio Locatelli.

Sono stata contenta di sentirlo e, mi è proprio sembrato, anche lui di sentire me.

«Architetto, che bella sorpresa, sì proprio una bella sorpresa» ha ripetuto con quel suo accento bergamasco.

Proprio oggi lo aspetto per il primo sopralluogo; dal basso, perché al momento non è proprio il caso di arrampicarsi fin lassù.

Lui arriva sulla sua Jeep che porta i segni di troppa strada sterrata percorsa, ed è chiaro che viene dritto da un cantiere dato che ne indossa la divisa (calzoni corti con tasconi, camicia a scacchi aperta su t-shirt, scarponi antinfortunistici), che se possibile molto aggiunge al suo indiscutibile fascino di uomo rude.

Gli illustro velocemente i dati: «La cisterna è dodici metri di diametro per sei di altezza, il progetto prevede la creazione quindi di due piani, una scala di collegamento interna, *open space*, due bagni, cinque finestre a tutta altezza. Il totale della superficie si aggirerà sui duecentoventi metri quadri più i trenta dell'ingresso a livello suolo e si potrà prevedere una terrazza in cima».

Lui alza gli occhi verso la grande cisterna di mattoni rossi: «Utilizzando la colonna dell'acqua come vano corsa avremo lo sbarco dell'ascensore proprio al centro delle due strutture. Cominceremo dall'apertura del vano finestre... certo ci sarà da coibentare, faremo un cappotto... una tavelletta, sulla tenuta della struttura non c'è da preoccuparsi, se era in grado di reggere tutta quell'acqua... cinquecentomila litri occhio e croce, cos'ha pensato per il solaio fra i due piani?».

«Sono indecisa fra il laterocemento o delle putrelle a scasso con il solaio in legno, ma credo che propenderò per quest'ultima soluzione.»

Annuisce.

«Sono d'accordo.» Poi mi guarda sorridendo e mi dice: «Architetto, si ricompone la squadra, bello, eh?».

«Sì, bello.» E lo penso veramente.

«Cosa ne dice se per festeggiare la invito a cena? C'è anche un'altra cosa che vorrei discutere con lei...»

Che è quello di cui ho bisogno. Di stare con lui che arriva dritto dalla mia precedente, scintillante vita e nulla sa di ciò che sto vivendo ora. Ritornare al mondo a cui appartengo fatto di Autocad e cronoprogrammi con una mia squadra da coordinare e un capo cantiere che mi stima. Un mondo dove Andrea non c'era e non ci sarà. Un luogo confortevole, quindi.

«Mi farebbe piacere.»

E lo vedo illuminarsi.

Commetto l'errore di consigliare la Trattoria Moretti per la nostra cena.

Arriva vestito di un paio di jeans di gran marca e una polo azzurro scuro che mette in risalto la sua abbronzatura. Molte teste femminili si girano al suo passaggio.

Appena accomodati mi esprime tutto il suo entusiasmo per il nuovo progetto: «Mi interessa, e molto, qui si finisce sui giornali e sulle riviste di settore, una bella pubblicità per lei, architetto».

E improvvisamente mi sembra veramente sciocco questo darsi del lei.

«Vittorio, cosa ne dici di darsi del tu?»

«Con piacere, Bianca, con piacere... sai, se non mi avessi chiamato tu l'avrei fatto io perché ho un'offerta da farti.» Ha un sorriso veramente notevole.

«Un'offerta?» chiedo perplessa.

«Sì, vedi, le cose alla nostra impresa vanno bene e finalmente ci siamo decisi a non dipendere solo dagli studi esterni... insomma, vorremmo avere dei nostri professionisti, iniziando con un architetto, per esempio.» Mi fissa negli occhi e poi: «Bianca, verresti a lavorare da noi? Fatti quattro conti ti potremmo assumere a tempo indeterminato, non con un grande stipendio all'inizio ma con prospettive interessanti».

Sono così contenta, così sollevata, che quando allunga la mano verso la mia e me la stringe non me la sento di ritrarla.

«Vittorio, sarebbe bellissimo! Tornare a esercitare alla luce del sole, firmare i progetti... sì, è quello che desidero.» L'ondata di gratitudine che mi attraversa fa sì che mi sporga verso di lui.

«Bene, allora a settembre, quando riparte tutto, concretizziamo. Cosa ne dici?» e si vede che è contento.

E, inutile dirlo, lo sono anch'io. Bizzarramente, però, non tanto quanto avrei pensato.

Continuiamo a parlare dei progetti futuri, ma quando mi rendo conto che tutti i tavoli sono serviti e che qualcuno arrivato con noi è addirittura al conto mi alzo con una scusa e vado alla ricerca di Eleonora. La trovo al bancone che prepara gli ultimi caffè.

«Eleonora, si può sapere a che gioco stai giocando?»

«Non so di cosa tu stia parlando» risponde facendo finta di cercare le zuccheriere che si trovano al solito posto, sulla mensola dietro di lei.

«Perché non ci hai serviti?»

«Ah, lo sai benissimo il perché! Non conosco i gusti del signore che sta con te…»

«Potevi venire a illustrarci i piatti proposti… quello che molti altri ristoranti chiamano "menù".»

Finalmente mi guarda. L'espressione è sorpresa: «Ma Bianca, lo sai che questo è contro la politica della nostra trattoria…». Diciamo contro la sua di politica (se di «politica» si può parlare).

«Ok, quindi cosa facciamo, moriamo di fame?» Inutile farla ragionare. Eleonora segue una logica tutta sua.

Lei coglie il mio tono polemico, si erge in tutta la sua altezza e poi dice piena di (secondo lei) giustificato sdegno: «Va bene, vedrò cosa è rimasto in cucina».

«Ecco sì, grazie. Ma sappi che so cosa stai facendo.»

«Bianca, ripeto, non so di cosa tu stia parlando. Ma qualsiasi cosa io stia facendo, la sto facendo per te.»

E si allontana con il naso all'insù, ritratto dell'indignata e offesa.

Poi, arrivata alla porta della cucina, si volta e mi dice piccata:

«Noi abbiamo creduto molto in voi. Non l'avremmo mai detto che ti saresti arresa alla prima difficoltà!».

Alla prima difficoltà? Adesso sarebbe colpa mia? E dov'è finita la solidarietà femminile?

«Ma cosa dovrei fare secondo te?»

«Quello che si fa sempre mentre si aspetta che le cose si sistemino. Il cammino di Santiago, per esempio, o imparare il coreano... tutto tranne che uscire con... con... Bob l'aggiustatutto solo per cercare di dimenticare Andrea Sanna!»

La stravaganza di Eleonora a volte...

Torno da Vittorio.

«Ho ordinato, arriva subito.»

«Benissimo» e mi sorride. Non mi chiede neanche che cosa ho ordinato o che cosa arriverà (due cose che alla Trattoria Moretti, peraltro, non coincidono mai).

«Qui si sta benissimo... e anche la compagnia non è niente male.» Sorride di nuovo. Si vede che è contento di stare qui.

E anch'io. Lui in questo momento è una ventata di aria fresca.

A fine serata, lasciato Vittorio alla sua Jeep con una virile stretta di mano, salgo in casa, prendo un libro e vado da Giacomo, confidando nella sua insonnia.

Da Giacomo, unico legame ancora vivo con Andrea. A cui non ho smesso di pensare neanche per un attimo.

È sveglio e ha voglia di parlare. Poso il libro.

«Non mi hai raccontato nulla di Sirmione...» mi dice appena mi siedo accanto a lui.

«Ho rinunciato al progetto, l'ho già comunicato a Londra.» Ed è stato un po' come strapparmi il cuore.

«È un peccato... un progetto così interessante.»

«Sì, decisamente interessante, siete stati molto generosi.»

«Grazie alla prozia Elena... casa e macchina erano sue.»

«Macchina?» Cosa c'entra la macchina?

«Abbiamo venduto la B24, valeva settecentocinquantamila euro... e così abbiamo creato un fondo per il mantenimento della casa.»

Settecentocinquantamila euro per quella scatola di sardine? Il mondo è proprio pazzo.

«Ripeto, molto generosi.»

«Andrea non ne ha bisogno e a me i soldi non servono», ma il tono non è triste.

Quando pronuncia il nome di suo fratello so che non posso evitare che la mia faccia si contragga in una smorfia. Involontaria quanto esplicita.

«Fa ancora male, eh?»

Non ho la minima intenzione di farmi consolare da lui.

«Passerà! Adesso vogliamo leggere?» E riesco persino a dare un tono di ferma determinazione alle mie parole.

Lui mi guarda con quei suoi occhi verdi e seri.

«Ho chiesto sai, ma Andrea non vuole dare spiegazioni.»

Deglutisco. Hanno parlato di me.

«Per favore, non tocchiamo l'argomento, mi fa ancora stare troppo male» e gli faccio un sorriso tirato.

«Sai, l'ultima volta che è stato qui, sabato scorso...» Vedo che ho parlato al vento.

«È stato qui?» Lo stomaco immediatamente mi si contrae.

«Sì, viene a trovarmi tutti i fine settimana.»

Certo, che sciocca, ha lasciato solo me, non tutto ciò che ha di caro a Verate. Ma questo significa che lo fa senza (volontariamente!) farsi vedere. E in un posto piccolo come Verate non è per niente facile.

«Dicevo, l'ultima volta che è stato qui mi è sembrato giù di tono e non solo per le lettere di nostra madre… penso che stia soffrendo molto per la fine della vostra storia… l'avevo visto così sereno con te.»

«Anche con te io lo vedevo sereno» dico cercando di allontanare l'immagine di Andrea & Bianca non più di attualità, e poi mi ricordo bene di loro che ridono e di Andrea che scompiglia i capelli al fratello. «In ogni caso, avendo lui chiuso con me, non credo sia giù di tono per la nostra "storia"» e calco la voce su quest'ultima parola, come se volessi sminuire quello che c'è stato fra me e suo fratello.

«Con me ha sempre fatto la parte del forte, ma so che per lui è stata dura. Prima l'abbandono da parte di papà, poi, poco dopo, di nostra madre. Il non vederla più, il non sentirla più… per lui è stata un'enorme sofferenza. A casa non se ne parlava. Mai. La sua camera chiusa, le foto nascoste, il dipinto… hai visto il suo ritratto? Ecco, per anni tenuto in cantina. La prozia Elena aveva vissuto come un affronto il suo essere scappata in quel modo, lasciandoci a lei senza una parola. Così, quando quelle lettere cominciarono ad arrivare, lei semplicemente non le ha mai aperte e ce le ha tenute nascoste.»

«Ma questo significa che vostra madre…» inizio.

«Che nostra madre in realtà avrebbe voluto tenersi in contatto con noi, sì, e adesso che abbiamo cominciato a leggerle abbiamo scoperto che voleva che la raggiungessimo.»

«Ma come ha potuto farvi questo?»

«La prozia a seguito della fuga di nostra madre aveva ottenuto la nostra custodia e le aveva fatto sapere attraverso i suoi legali che non ci avrebbe mai rinunciato.»

«E perché?»

«Credo per ripicca, per il dolore che aveva causato con il suo comportamento. Era la sua unica nipote, l'aveva accolta nella sua casa dopo il divorzio da nostro padre e lei se n'era andata così, come scappando da una prigione… le era risultato impossibile perdonarglielo. Dopo questo Andrea ha dovuto affrontare la mia malattia da solo, dato che l'Alzheimer aveva già dato i primi segnali nella zia. Un fardello pesante per un ragazzo di diciotto anni. Non trovi?»

Annuisco. Decisamente Andrea non ha avuto una vita facile. E non aveva proprio torto a definire le lettere «qualcosa di bello ma allo stesso tempo sconcertante». Bello che la madre avesse continuato a pensare a loro, sì, insomma, non li avesse abbandonati del tutto; sconcertante che la prozia li avesse tenuti all'oscuro.

Giacomo adesso è stanco, e quindi è ora di andare. Però c'è una cosa che vorrei proporgli.

«Volevo chiederti, la settimana prossima c'è la notte delle Perseidi, mi accompagneresti?»

Non so come faremo io, lui e la sua carrozzina, ma un modo troveremo.

«Certo che sì, molto volentieri.» E si vede che ne è molto contento. Poi: «Bianca…».

«Sì, Giacomo?»

«Lui chiede sempre di te.»

17

Santa Margherita Ligure - centro storico, 140 mq. In tipica casa genovese nelle immediate vicinanze del lungomare.

La serata delle Perseidi riesce benissimo.

Mauro e Vittorio mi aiutano a far sedere Giacomo su una delle sdraio con una serie di supporti che gli permettono di stare in una posizione comoda e di guardare il cielo.

Vittorio si è fatto in quattro per aiutare nel sistemare la terrazza della trattoria rendendosi presto indispensabile e facendosi voler bene persino da Eleonora.

L'organizzazione è stata strepitosa e, grazie anche a una generosa offerta di sardine e sangria (particolarmente gradita da Giacomo), la serata si è trasformata in una festa molto affollata.

Ci sono tutti: Cristina con i suoi genitori, il geometra Volpe seduto su una sdraio che parla fitto fitto con la Mary abbigliata in uno sgargiante verde fluo, Alice Luise che ride a qualcosa che le ha detto Mauro Sturba, le ragazze con i loro mariti, la professoressa Rizzi con Paolo, e c'è anche Barbara che si avvicina per salutarmi.

«Barbara, le volevo chiedere un favore», c'è una cosa che da lungo desidero organizzare e mi occorre il suo aiuto.

E poi ci sono Sassi e Max, che mi vogliono raccontare di come procedono le cose a Sirmione. Credo bene, perché mentre loro parlano io cerco di blindare orecchie e cuore, giusto per non soffrire più di quanto non faccia ora. Non potrei sopportarlo.

Torno da Giacomo e lo aiuto a bere con la cannuccia, mentre Mauro lo aiuta a mangiare le sardine. A ogni scia luminosa che attraversa il cielo nero si alzano degli «ooohhh» di sorpresa.

«Molto Club Med» commento con Alessandra, indicando la griglia per le sardine gestita con maestria da Antonio, il marito di Eleonora tornato dalla Siberia per le vacanze, e la grande *boule* piena di vino e frutta.

«E tutto questo grazie al nostro sponsor.» È molto soddisfatta e si vede.

«Ah, ne avete trovato uno poi!»

Lei mi guarda e per un attimo sembra combattuta, esita, ma alla fine: «I costi sono stati sostenuti dalla Patrol Real Estate, da Sanna, quindi. Che ha pure versato un congruo anticipo sulla spesa per le luminarie natalizie... quando l'ha fatto, ho pensato che fosse... e in qualche modo lui me l'ha fatto capire... sulla scia del momento felice che stava vivendo. Con te».

Manca poco che io faccia cadere il bicchiere. Ed ecco qui che ripiombo nel ricordo e nel rimpianto di quei momenti. Neanche il sorriso generoso di Vittorio o la sua attenta presenza riescono a dissipare la tristezza che mi è calata addosso.

Ma la serata è un successo. Be', almeno finché non riporto Giacomo al centro, quando ormai è notte inoltrata. Giacomo è eccitato e felice: «Adesso che sto meglio dobbiamo uscire più spesso! C'è tutto un mondo niente male là fuori... vino, ragazze... e le tue amiche sono...». Ma io non sento cosa pensa delle mie amiche, perché seduto accanto al letto di Giacomo c'è Andrea. Alza gli occhi dal libro che sta leggendo e io mi sento mancare.

È chiaro che non si aspettava di vedermi. Ed è anche chiaro che non è contento che questo sia successo.

«Bianca.»

«Andrea.»

Fa un passo verso di me.

«Come stai?» Per un attimo temo voglia stringermi la mano. Nella massima formalità.

«Bene, grazie» mento. Poi, dato che non succede nulla, aggiungo: «Allora vi lascio, buonanotte».

«Bene» si limita a prenderne atto lui.

Mi chino a baciare Giacomo, che per il tempo della nostra "conversazione" ha continuato a guardare suo fratello con una certa curiosità, e me ne vado.

Raggelata.

E poi è tempo di vacanze. L'agenzia chiude per quindici giorni, il geometra Volpe e la Mary Mantovani si abbronzeranno insieme a Pinarella di Cervia, Cristina seguirà un corso di erboristeria all'Isola del Giglio, e, mentre Vittorio parte per un viaggio Avventure nel mondo in Papuasia, io vado a trascorrere due settimane con i miei genitori nel loro appartamento di Santa Margherita Ligure.

Infilare la mia vita fra le loro abitudini (le passeggiate "igieniche" di mio padre, i suoi orari rigidi dei pasti e, di contro, le lezioni di yoga all'alba e le feste sulla spiaggia di mia madre) non è per niente facile, e io senza le mie amiche veratesi e lontana dal lavoro mi sento persa. Nemmeno le lunghe telefonate con Irene mi aiutano, perché anche lei sta attraversando un periodo misero con Mattavelli in vacanza nella villa di famiglia a Formentera. Con moglie e figlie.

Le racconto la breve, triste storia di me e Andrea («Lo sapevo che mi nascondevi qualcosa!») e di Vittorio («Te l'avevo detto che gli piacevi!»).

Tutto questo (e il molto tempo libero) ha tirato fuori il peggio di me. E per tutto il periodo mi divido fra la spiaggia e Google, dove (mi vergogno a dirlo) continuo a digitare un po' compulsivamente il nome di Andrea Sanna cercando notizie su di lui su tutti i social per scoprire che, a parte LinkedIn, non li frequenta.

Ma questo non significa che le mie ricerche siano state infruttuose. Frugando nel catasto londinese, per esempio, ho trovato i progetti firmati da lui, di cui poi ho recuperato foto e addirittura spezzoni di filmati.

Quasi tutti riguardano ristrutturazioni di edifici storici o di aree dismesse come mi aveva raccontato quel giorno felice all'Autogrill Monte Alto Nord, quando avevamo diviso una treccia alla crema e cominciato a guardarci con occhi decisamente diversi. Nei suoi interventi si nota una ricerca quasi filologica di materiali e volumi, nel rispetto di scelte fatte da altri ma con un preciso occhio alle esigenze moderne. Niente acciaio, cristallo o vetrocemento. Nessun desiderio di traghettare nell'oggi qualcosa che è nato nel passato. Solo renderlo accogliente e fruibile.

Anche se il suo progetto più importante è sicuramente quello che ha per oggetto il palazzo dove anche la Patrol Real Estate ha sede, progetto che però si allontana da questa sua filosofia; il palazzo è infatti un parallelepipedo, qui sì in vetro e acciaio, che rimanda leggerezza e grazia nonostante i suoi venti piani. La pianta è centrale, la forma quadrata si sviluppa intorno a un giardino a cui fa da cornice. Un progetto ardito ma, almeno da quello che si può dedurre dalle foto, riuscito.

La discesa verso l'annichilimento della mia dignità inizia con la visione dei filmati. Sono registrazioni di suoi interventi in alcune università inglesi. Li guardo e li riguardo finché non sono in grado di anticipare le sue parole come in un karaoke perverso, ma il punto più basso lo raggiungo sicuramente quando scopro che fra le varie webcam di Londra ce n'è una posizionata al centro della piazza dove sorge il palazzo degli uffici della Patrol Real Estate. E da quel momento sono perduta.

Rimango connessa h24 (o quasi) nella speranza di poterlo vedere. Nella stessa piazza (piuttosto piccola, con un minuscolo giardino e un paio di panchine nel mezzo) c'è la sede di una *public school*, la Saint George, e dall'età del fiume di ragazzini in divisa blu e gialla che la attraversano a ondate deduco che si tratti di una *primary school*. Siamo a fine agosto e le lezioni sono già riprese lì.

Quando ormai, dopo giorni di visione stalking, comincio a riconoscere e a dare un nome a tutti gli studenti e ai loro accompagnatori, ecco, finalmente, apparire Andrea. È fermo al semaforo e svetta in mezzo a una scolaresca che sta tornando verso la scuola. Fisso ipnotizzata la figura alta ed elegante. La distanza (non solo fisica) che mi separa da lui rende questa esperienza straniante, ma anche molto più intensa. Però è quello che succede dopo che mi lascia senza parole.

Scatta il verde e il gruppo blu e giallo segue l'insegnante al di là della piazza, tranne un ragazzino distratto che si ritrova solo sul marciapiede; è piccolo, direi di prima elementare. Andrea è già in mezzo alla strada ma si volta, si accorge dell'imbarazzo del bambino, torna indietro e gli tende la mano per accompagnarlo sul marciapiede di fronte. È un piccolo gesto, ma così colmo di attenzione e tenerezza da farmi male.

E a quel punto mi stacco dal computer e vado in spiaggia, dove mi butto in acqua e nuoto fino alla boa lasciando che la fatica lavi via tristezza e frustrazione. Quando esco dal mare sono decisa a riprendere in mano la mia vita. Lui, per quanto io lo desideri con tutte le mie forze, non sarà mai più mio.

Torno a Verate determinata a dimenticare.

Lì c'è molto da fare e da organizzare. Chiudere la trattativa per la casa della signora Levati, calmare l'ex segretario comunale che credeva già il suo monolocale venduto promettendogli che troveremo al più presto un nuovo acquirente, cominciare a seguire i lavori della torre dell'acqua insieme a Vittorio, firmare il contratto con l'impresa Locatelli & Figli (a quanto pare il signor Locatelli senior non ha subìto delusioni dalla prole), estrarre dal cassetto la domanda di riammissione all'ordine.

E qui ho una sorpresa. Scopro che mi dispiace. E, con mio grande stupore, mi commuovo quando dico a Volpe che lascerò l'agenzia. Voglio tornare a fare l'architetto, ma mentirei se dicessi che qui non mi sono trovata bene e che non mi sono divertita.

«Su, su architetto!» mi consola Volpe. «Non ho mai pensato che si sarebbe dedicata per sempre all'intermediazione immobiliare! Non ne ha la stoffa. È troppo fantasiosa, troppo sentimentale e poco pratica, qui ci vuole pragmatismo, pelo sullo stomaco, ma...» aggiunge poi addolcendo voce e contenuti «lei ci mancherà molto. Anzi moltissimo.» E io gli sono grata di queste parole gentili, anche se non posso fare a meno di notare il curioso ritorno al lei.

In ogni caso per il momento rimango a vivere a Verate, dato che il cantiere più importante e delicato è qui. E di questo (lo ammetto) sono felicissima.

Appena arrivata, vado a trovare Giacomo, con lui c'è il marito di Costanza, che so essere un valente medico ortopedico. Quando esce, Giacomo mi spiega che il dottor Volkov gli ha prospettato un intervento che ridarà funzionalità alle sue mani.

«Capisci? Potrei fare molte cose se almeno le mani funzionassero di nuovo!» I suoi occhi sprizzano felicità.

«Be', è una notizia fantastica! Cosa ne diresti se la festeggiassimo?» Lo abbraccio, contenta della meravigliosa novità.

«Certo! Ma prima devo dirlo ad Andrea! Mi puoi aiutare?» E sono io a dover selezionare il numero per poi tenergli il cellulare vicino all'orecchio mentre lui parla con il fratello. E sono così vicina da sentire tutto. Tutto il suo entusiasmo. Tutto il suo affetto. La cosa, inutile dirlo, mi devasta.

Dimenticando il desiderio di voler festeggiare, lascio presto Giacomo, informandolo che ho deciso di regalargli un ritratto e che quindi Barbara verrà presto con tutto l'occorrente.

«Un ritratto? E perché?» È stupito.

«Perché ho notato che manca il tuo nella vostra "galleria" di famiglia» cerco di scherzare.

Lui mi guarda colpito e poi: «Bianca, sei la sorella che avrei voluto avere», senza rendersi conto di quanto male mi faccia.

Esco e vado in cantiere, controllare l'avanzamento lavori e aggiornare il cronoprogramma mi farà sicuramente bene.

O così mi illudo. In realtà le settimane mi passano addosso ruvide, lasciando segni indelebili.

A settembre definiamo la vendita Levati e mi si riempie il cuore di gioia quando, passando dal lungofiume accanto al giardino, vedo tre ragazzini sdraiati sul prato a pancia in giù. Uno che osserva il terreno con una lente d'ingrandimento, l'altra che guarda in un microscopio appoggiato sull'erba e il più piccolo che tiene un quaderno davanti a sé. È il nostro gruppo di ricerca Nuove Specie *Formicidae* (l'uso del latino è un suggerimento di Nuccia, «rende tutto più scientifico» il suo commento), formato da Paolo, Nuccia e Gabriele, che volentieri si presta a raccogliere i dati: «Vogliamo pubblicare i risultati su *Nature*» mi annuncia entusiasta. Paolo mi sorride. Ora sembra un ragazzino più sereno.

Ottobre passa lavorando al cantiere e cercando di chiuderlo prima che arrivi il freddo, aiutando Arlandi nella scelta delle rifiniture interne e selezionando gli artigiani che si occuperanno dei mobili che, data la conformità degli spazi, verranno per la maggior parte costruiti su misura. Devo dire che questo progetto ci sta dando grandi soddisfazioni, Arlandi è così contento che ha deciso che girerà qui il suo prossimo film. Un giallo psicologico, pare.

Con Vittorio le cose si sono stemperate e sono finite nel nulla. Giusto così. Per me è troppo presto. E per noi credo non ci sarà mai un tempo nostro. Lui ha tutta la mia stima, ma anche dopo tre mesi io non riesco ancora a passare sotto casa di Andrea costringendomi a un lungo giro tutti i giorni per recarmi alla torre dell'acqua. E questo la dice lunga sulla mia difficoltà a dimenticare. Il "chiodo scaccia chiodo" forse può funzionare con cuori meno coinvolti. Il mio ancora non si dà pace.

Irene c'è rimasta persino male: «Ma come! A lui secondo me piacevi molto!».

«Irene, guarda, con Vittorio non è proprio cosa.» Per un motivo semplice e complicato allo stesso tempo: sono ancora innamorata di Andrea.

Un piacevole diversivo è rappresentato dall'organizzazione del matrimonio di mia sorella. Si sposerà a marzo e (parole sue) «siamo già in tremendo ritardo». Siamo andate con la mamma da Max Mara a scegliere il vestito e lì, con mia enorme sorpresa, mi ha comunicato la sua intenzione di organizzare il ricevimento alla Trattoria Moretti: «Ormai conosco più gente lì che a Milano» è stata la sua giustificazione. «Qualche speranza che tu venga accompagnata?» mi ha domandato poi.

«Uhm… no, direi di no.»

«Peccato, tu e quell'ingegnere facevate una così bella coppia!» ha sospirato. «Ero pronta a scommettere che fosse quello giusto per te» ha rincarato mentre si aggiustava il velo davanti allo specchio.

Io ho lasciato cadere l'argomento. Dovevo dimenticare.

Ma invece di dimenticare, ricordavo.

A distanza di mesi c'erano cose che non mi convincevano e su cui continuavo a ritornare con la mente. Quel suo tornare a baciarmi sulla tempia dopo avermi lasciato con parole tanto indifferenti quanto crudeli. La villa data in comodato d'uso alla casa famiglia, l'offrirsi come sponsor per le attività di Verate... e non mi era sfuggito che il libro che stava leggendo la notte delle Perseidi fosse *Post Office* di Charles Bukowski. Il libro che tenevo sul mio comodino e che non sapevo lui avesse. Quel suo chiedere di me a suo fratello. E poi quello che Nuccia aveva sottolineato. Non aveva avuto altre storie qui a Verate. È così che si comporta un seduttore seriale?

E continuo a tormentarmi su questo. Sempre più difficile dormire, indifferente mangiare.

«Sei la mia disperazione!» è il refrain di Eleonora tutte le volte che mi incrocia. Lei con del cibo, io con lo stomaco chiuso.

Poi, un pomeriggio assolato ma freddo di fine ottobre, tornando da quella che ormai è diventata un'abitazione lussuosa a cui mancano solo gli ultimi ritocchi, mi siedo su una panchina del parco. Ancora molte foglie illuminate dal sole sugli alberi, il cielo di un nitido azzurro, una vista che fa bene al cuore.

Dopo pochi minuti mi raggiunge Alessandra. E non è un caso.

18

Londra, nel cuore della City ufficio mq. 2130 su un unico piano con terrazzo di mq. 50. Servizio di portineria e 7 ascensori.

Arrivo a Londra che sono le dieci del mattino. Nevica. Attraverso la piazza che conosco così bene. E ora sono qui davanti al desk della reception del ventesimo piano piuttosto infreddolita a spiegare a una gentile ragazza che sono l'architetto Maffei e che devo vedere Mr Sanna perché stiamo lavorando insieme a un progetto in Italia e ho necessità di incontrarlo urgentemente.

Se la cosa le sembra strana (che nell'era del sempre connessi una debba venire dall'Italia fino a Londra per parlargli) non lo fa trasparire e, sorridendo, avvisa qualcuno dello staff di Andrea; di lì a due minuti arriva un'altra gentile ragazza, che si presenta come Sophie, a dirmi che Mr Sanna è in un meeting ma che provvederà a informarlo subito, facendomi nel frattempo accomodare nella sala d'attesa vicino alla reception. Sa chi sono.

«*From Verate, right?*»

Sì, esatto, da Verate.

Voglio un caffè? Un tè? No, non voglio niente, grazie.

Nel sedermi mi accorgo che la sala dove si tiene la riunione è esattamente sul lato opposto. Andrea è lì seduto a un capo del tavolo e sta fissando un monitor appeso alla parete su cui passano immagini che un ragazzo alla sua destra sta illustrando.

Ed ecco che Sophie entra, attraversa la sala e si china per parlargli; lui alza il viso, poi si blocca e lentamente si gira verso la vetrata finché io non entro nel suo campo visivo.

Siamo a pochi metri di distanza ma con un abisso di venti piani fra di noi. Rimaniamo a guardarci per qualche secondo attraverso una neve leggera che sembra apparire dal nulla per poi sparire nello stesso nulla, quindi Andrea torna a guardare lo schermo scuotendo leggermente e crudelmente la testa. La ragazza esce. Sta tornando da me. Per dirmi che lui non vuole incontrarmi. Io rimango a fissarlo e lui, inaspettatamente, si gira di nuovo a guardarmi.

Ok. Non scherziamo. Non me ne andrò senza avergli parlato. Quindi mi metto a correre per la reception senza ascoltare il richiamo della centralinista, «*Miss… Miss, where are you going? Miss, you are not allowed!*», percorro il grande *open space* ingombro di scrivanie, computer, architetti e plastici in egual misura, supero una sbigottita Sophie che si limita ad aprire le braccia in un gesto di impotente sconcerto. Io corro, sempre con gli occhi fissi sulla sala riunioni al di là delle vetrate e su Andrea che sta seguendo la mia corsa.

Quando entro nella stanza i partecipanti si stanno alzando e rapidamente allontanando, mi passano accanto con gli occhi bassi e un atteggiamento imbarazzato. È chiaro che Andrea li ha congedati avendo capito quello che sta per succedere.

Rimango sulla porta. Pochi metri ci separano. Anche lui ora è in piedi. All'improvviso non so cosa fare. Ma poi lui chiede con voce stanca, rassegnata e quindi in qualche modo respingente: «Cosa ci fai qui, Bianca?», risvegliando tutta la mia determinazione.

«Voglio sapere perché te ne sei andato. E, per favore, la verità.» Mi avvicino.

Sospira stancamente: «Bianca, non puoi semplicemente accettare che la storia fra di noi sia finita?». È dimagrito, gli occhi contornati dalle mie stesse occhiaie scure. No, non sta bene. E io non posso accettare una cosa che non capisco. Lui prosegue: «È stato molto bello ma io sento il bisogno di andare oltre, tutto qui. Pensavo che avessi capito, ho apprezzato il tuo uscire dal progetto di Sirmione e…».

«Andrea, ho parlato con Stefano Parodi Valsecchi» lo interrompo bruscamente. «E lui mi ha detto.»

Un attimo di smarrimento nei suoi occhi.

«Non avrebbe dovuto farlo.» La voce è dura.

«Hai ragione. Ma l'ha fatto.» Sorprendentemente, e grazie a Dio, l'ha fatto.

È successo ieri, su quella panchina. Alessandra mi ha detto che c'era qualcosa che dovevo sapere e che Stefano, suo marito, mi avrebbe incontrato nel suo studio, in ospedale. Anche subito se volevo. Non ha voluto aggiungere altro.

La cosa mi ha molto sorpreso. Cosa poteva volere da me il primario di Neonatologia dell'ospedale di Verate? Ho pensato che avesse necessità di avvalersi delle mie competenze professionali, dato che i Parodi Valsecchi, ho presto appreso, rappresentano la casa regnante di Verate e di conseguenza, come si addice a dei reali, sono collezionisti enciclopedici di case.

Conoscevo Stefano di vista per aver scambiato un paio di parole con lui la sera delle Perseidi. Ora lo osservavo al di là della sua scrivania. Affascinante, terribilmente serio e palesemente a disagio.

«Bianca» ha iniziato «vorrei che tu sapessi che sto per fare una cosa contraria alla deontologia medica e ai miei princìpi: sto per infrangere il rapporto di fiducia fra medico e paziente. Ed è un'azione grave, passibile di pesanti ricadute legali, se lo faccio è solo perché ritengo si possa porre rimedio a una decisione unilaterale che sta facendo soffrire due persone. Tu e Andrea.»

Perché, Andrea stava soffrendo? Buono a sapersi.

«Avevo consigliato subito ad Andrea di parlartene. Avevo insistito che la decisione spettava anche a te, o meglio, soprattutto a te. Che ti doveva dare la possibilità di decidere.»

«Decidere cosa?»

«Del vostro futuro.»

Sono rimasta a lungo in silenzio. Non capivo. Non capivo cosa c'entrasse Stefano, e forse il suo essere neonatologo, nella decisione di Andrea di avere solo rapporti «liquidi», facili e superficiali (ma lo era stato superficiale il nostro rapporto?) e, sinceramente, non sapevo nemmeno che domanda porre per poterne capire di più.

Lui ha preso fiato e: «Lo scorso luglio Andrea si è rivolto a me perché gli consigliassi il miglior laboratorio di genetica cui affidarsi per indagare sulle probabilità che anche lui potesse essere portatore della stessa sindrome del fratello e, se quello si fosse rivelato il caso, sulle possibilità di evitare che un eventuale suo erede ne fosse affetto. Gli ho consigliato di rivolgersi al professor Xavier Boyer del Pasteur di Parigi, il migliore qui in Europa».

Parigi.

«Capisco.» Sì, finalmente capivo. «Immagino non mi dirai cosa dicevano i risultati…»

Ha scosso la testa, un sorriso tirato sulla bocca: «Questo dovrai chiederlo a lui… una cosa però posso dirtela, alla mia domanda del perché indagare solo ora dopo anni dalla comparsa dei primi sintomi della malattia in Giacomo, lui ha risposto che solo ora aveva conosciuto qualcuno con cui avrebbe voluto avviare un «progetto di vita», usando proprio queste parole. Alessandra mi ha convinto che quel qualcuno sei tu e mi ha dato il tormento finché…» e, scuotendo di nuovo la testa, ha lasciato in sospeso la frase.

E adesso sono qui a pretendere di capire.

«Quindi sai.» Si siede.

«No, non so, perché Stefano si è limitato a dirmi che, ricevuti i risultati, te ne sei andato.» Anche se non ci vuole una laurea in medicina per capire come si siano svolte le cose.

«Siediti, Bianca.»

Mi avvicino e mi siedo di fronte a lui. Ha la voce stanca, gli occhi tristi. Vorrei abbracciarlo. Vorrei baciarlo.

Il tono però è piano e la voce sicura come se stesse per raccontare la storia di qualcun altro.

«Ho fatto i test ed è risultato che sono portatore sano con la possibilità del 25 per cento di trasmettere la stessa sindrome ai miei figli. All'inizio si è pensato che fosse possibile fare ricorso alla diagnosi genetica e al reimpianto e invece si è purtroppo scoperto che non è così. La conclusione è che non potrò avere figli, nel timore, fondato, che siano malati. E non è neppure stata una grande sorpresa. È stato sciocco da parte mia cedere al sentimentalismo e iniziare la nostra storia. Sciocco ed egoista. Ti ho fatto soffrire e mai l'avrei voluto. Ho pensato che fosse più semplice e meno doloroso troncare senza darti spiegazioni.»

«Semplice e meno doloroso, certo.» Dove ho trovato in me questa sfumatura ironica?

In realtà vorrei allungare le mani e prendere le sue. Non lo faccio. Temo possa ritrarsi.

Lui non raccoglie la mia ironia e continua: «Ascolta… il periodo vissuto a Verate da quando ho conosciuto te è stato un alternarsi di piacevoli sorprese, scoperte sconcertanti, illusione di poter vivere anch'io una vita felice e momenti di grande dolore. Un susseguirsi di emozioni che alla fine mi hanno lasciato esausto e deluso». Gli si è formata una ruga dritta e profonda fra gli occhi. Sospira e prosegue: «È cominciato tutto quando il notaio Bigli mi ha consegnato la scatola con le lettere che mia madre, per due anni, da quando se n'è andata fino alla sua morte, ci ha inviato tutte le settimane. È stata una scoperta dolorosa, per l'occasione perduta e per la decisione unilaterale della prozia Elena di non farne parola, ma anche senza leggerle, scoprire che nostra madre ci pensava, ecco, mi ha permesso di riconciliarmi con lei. Perdonarla, anche se non ancora del tutto».

«Non del tutto?»

«No, perché in ogni caso ci ha abbandonati senza neanche un saluto, scappando di notte per inseguire un amore australiano, anteponendo quindi la sua felicità ai suoi doveri di madre. Ha messo se stessa al primo posto e questo non è quello che fa un buon genitore. Ma con il suo desiderio di tenersi in contatto con noi ha sicuramente sciolto un nodo doloroso che si era formato quando avevamo pensato che lei ci avesse dimenticato. In qualche modo mi sono riconciliato con la vita.» Vorrei abbracciare quei due ragazzini e tenerli stretti a me.

«Quindi... quindi a quel punto mi sono concesso di ammettere che tu mi piacevi. E molto... e di sperare che... ma poi...» Scuote la testa. «Inaspettatamente le notizie da Parigi non sono state quelle sperate e, cerca di capire, era chiaro che ci amavamo, che la nostra stava diventando una storia importante per entrambi, con che cuore mi avresti lasciato? Ti amavo e volevo chiederti di sposarmi e di condividere tutta la tua vita con me. E se tu avessi accettato nonostante le premesse? Quanto tempo ci avresti messo a pentirtene?»

Mi amava. Voleva chiedermi di sposarlo. L'ha detto veramente?

«Sembravi felice...» inizio.

«Lo ero, stolidamente felice devo dire. Come non ero mai stato in vita mia. Semplicemente non me lo posso permettere, tu meriti una famiglia vera con figli belli e intelligenti come te, figli che hai portato in te per nove mesi, figli in cui riconoscerai tratti di famiglia...»

«... e io pensavo di avere in mano la felicità...» proseguo ignorando volutamente la sua interruzione.

«Anche per me era così, credimi. Non mi ero mai interessato di sapere, avevo visto la mia famiglia disgregarsi e proprio non ne desideravo una mia, solo quando io e te… ecco, allora ho voluto andare a fondo e, se fosse stato possibile, trovare una soluzione. La delusione di scoprire che il gene impazzito non è individuabile è stata fortissima. Devo rinunciare a diventare padre. Come posso chiedere a te di non diventare madre? Quindi ho fatto quello che ogni persona dotata di una minima dose di correttezza avrebbe fatto.»

«E dunque hai deciso per me.» Correttezza? Parla di correttezza come se il nostro fosse un rapporto d'affari. Improvvisamente gli mollerei un pugno.

«Scusami, Bianca, ma sono sicuro che tu, nella mia posizione, avresti fatto lo stesso.» Il suo sguardo ora è inchiodato al mio. «So di aver deciso per il meglio.»

Allora sono io a prendere fiato. Perché dopo aver riflettuto sulla natura del sentimento che mi lega a lui, molto ho da dire su questa sua decisione unilaterale.

«Questo non lo credo proprio. Facciamo che decido io quello che desidero o non desidero. E io desidero passare il resto della mia vita con te perché, sai, la natura ha previsto che una donna conosca un uomo, se ne innamori e poi decida di renderlo padre. Ed è così che è successo a me. Ho conosciuto te, mi sono innamorata e, lo ammetto, un pensiero sul costruire una famiglia l'avevo fatto. Con te. Ma la cosa veramente importante è poterti amare, sentirmi amata come mi hai fatto sentire tu e poter vivere con te giorno dopo giorno questo nostro amore. Ci sono molti altri modi per essere genitori. Se vorremo li percorreremo insieme. Ci apriremo a qualcuno che abbia bisogno di noi e del nostro amore. Creeremo la nostra famiglia, vedrai.»

Scuote la testa.

«Ti sembra ora ma, lo sai, non sono percorsi facili e pensa solo alla casa dei tuoi sogni, che prevede una famiglia numerosa...»

«La casa dei miei sogni? La casa dei miei sogni è con te. Parte da te, da noi. Senza di te non può esistere casa intesa come luogo dove deporre dolcezza, né ora né mai per me.» Nella mia voce comincia ad affiorare la disperazione. Come posso farglielo capire?

Si toglie gli occhiali e si sfrega gli occhi.

«Bianca, io ho chiuso questa porta, sto cercando di dimenticarti e di andare avanti, per favore, cerca di farlo anche tu.» E mi fissa. Due occhi grigi e non più schermati dalle lenti e perciò più determinati. «Per favore» ripete «è stato un distacco doloroso da una storia in cui ho creduto ma che ora mi sto lasciando alle spalle. Basta, ti prego.»

Lo guardo cercando segni di cedimento che però non scorgo.

E mi rendo conto che ho detto tutto quello che dovevo e potevo dire.

«Quindi è finita?» domanda retorica, che pongo giusto per farmi del male.

Non mi risponde nemmeno limitandosi ad annuire abbassando gli occhi, e a me non resta che alzarmi, uscire dalla stanza e riattraversare il grande *open space*. Le persone lì sembrano tutte troppo indaffarate per badare a me, ma a mano a mano che le oltrepasso sento i loro sguardi addosso. Poi sono alla reception, quindi sull'ascensore e infine fuori, nella neve.

Rimango ferma per alcuni secondi con i fiocchi che mi turbinano tutti intorno cercando di capire cosa posso fare ora, ora che sono stata travolta dalla più dolorosa delusione della mia vita. Mi rendo conto che, come una bambina che crede ancora alle fiabe, nel profondo ho sempre pensato che non fosse ancora finita. E invece ora lo è. E l'aria che mi gela le guance è come lo schiaffo salutare che la vita mi dà per riportarmi alla realtà. Attraverso la piazza, raggiungo una panchina, pulisco via la neve e mi siedo. Non riesco a fare un passo di più. Ho bisogno di lasciar scendere questa solitudine, di chiudere gli occhi un istante.

Li riapro, respiro a fondo. La piazza è persino più piccola di come appariva nella webcam e molto silenziosa. Poche le macchine che la percorrono e non si vedono alunni della Saint George, a quest'ora impegnati in classe. Su di me cade la neve, non mi bagna quasi perché fa molto freddo. Sento che mi si stanno ghiacciando anche le ciglia mentre dall'ingresso di vetro del palazzo che nasconde Andrea entrano ed escono le sagome composte di stimabili professionisti inglesi.

In testa mi rimbombano le parole di Andrea, «Sono sicuro che tu, nella mia posizione, avresti fatto lo stesso», che temo di dover riconoscere come vere. Come mi sarei comportata io se avessi scoperto di non poter avere figli? Avrei chiesto a lui di capire? O me ne sarei orgogliosamente tirata fuori?

E poi non posso fare a meno di ripensare all'effetto che il significato delle parole di Stefano Parodi inizialmente ha prodotto in me. Scoprire che con Andrea un progetto di famiglia non si sarebbe mai potuto concretizzare è stato uno dei momenti più difficili della mia vita. Potrei negare di aver cominciato molto presto a pensare a un futuro con lui e che questo futuro ci vedeva anche genitori?

Ho imparato così tanto negli ultimi mesi. Ho imparato che ci sono cose che nella vita si possono accettare – di non fare il lavoro dei propri sogni, per esempio, magari scoprendo che il "ripiego" non è poi così male. Che la propria migliore amica non è migliore in senso assoluto, è una persona come tutte, con debolezze e speranze che a volte possono confliggere con le nostre: eppure resta la migliore, perché quello che davvero conta è saper condividere anche le cadute, darsi una mano per rialzarsi e andare avanti. Che le scorciatoie non convengono quasi mai, e invece è prezioso saper mettere un passo dopo l'altro, con fierezza e testardaggine. Che bisogna diffidare degli annunci immobiliari, eppure a saperli leggere si può cogliere sempre la loro verità. Che per ogni "Cercasi" c'è davvero un "Offresi", da qualche parte, nel mondo: se solo lo si sa vedere con gli occhi del cuore. Ma soprattutto, io ora so, so con certezza di non poter vivere senza Andrea. Sento che il suo modo silenzioso e oserei dire misterioso e profondissimo di amare – così lontano dal mio, decisamente più impulsivo – mi ha cambiata per sempre, mi fa desiderare di essere ogni giorno al suo fianco e di cambiare il mondo insieme a lui.

Il problema è che lui, invece, vivere senza di me pare possa e voglia.

Chiudo nuovamente gli occhi, sfinita. Un ragazzo gentile mi si rivolge all'improvviso, spaventandomi: vuole solo sapere se va tutto bene. Mi accorgo di attirare le occhiate curiose dei passanti. In effetti comincio ad avere seriamente freddissimo.

Poi, d'un tratto, una mano si posa sulla mia spalla. Alzo gli occhi. È Andrea. Non l'ho visto uscire dalla porta a vetri, forse ho le allucinazioni. Raccolgo un po' di dignità e cerco di darmi un tono: «Me ne vado subito, volevo solo radunare un attimo le idee» e assorbire la delusione «non voglio metterti in imbarazzo» gli dico prima che lui possa aprire bocca. Tutto ma non la sua compassione.

Lui non dice nulla, si limita a togliere la neve dalla panchina e a sedersi accanto a me.

Lo osservo di sottecchi. Indossa un cappotto scuro con il collo rialzato. Tiene le mani in tasca. Non posso fare a meno di ricordare la notte seduti su una panchina molto simile a questa nel parco di Verate. Solo la temperatura differisce. Be'... e anche il mio abbigliamento. Allora c'erano caldo e passione, ora invece il gelo.

Poi lui comincia a parlare: «Sono arrivato a Verate in un momento cupo per me, ero amareggiato e profondamente convinto di essere in credito con la vita. L'abbandono di mia madre, la malattia di Giacomo e poi quella della prozia Elena, il tutto mentre io cercavo di crearmi un futuro, mi hanno costretto a mettermi una corazza per tentare di difendermi dal dolore e hanno avuto invece come risultato quello di indurirmi. Ero convinto che la vita non avesse in serbo nulla di buono per me. Poi, all'improvviso, una serie di avvenimenti positivi: le lettere di mia madre, i miglioramenti di Giacomo e, soprattutto, tu, Bianca». Lunga pausa durante la quale mi impegno a contare i fiocchi di neve giusto per non incalzarlo. «Ho seriamente pensato che la vita mi stesse ricompensando, mi sono illuso che tutto fosse possibile e quando ho scoperto che non era così, be'... non è stato facile decidere di andarmene, ma... ma devi sapere che questi mesi lontano da te sono stati un inferno. Mi bastava chiudere gli occhi per vederti arrivare con la cartellina della Non solo case e quel sorriso nervoso, o ricordarti seduta sul pavimento di quel vecchio ascensore, mentre ti aggrappavi a me quando inaspettatamente avevo sentito forte il desiderio di abbracciarti e questo mi aveva sconcertato; e poi quel giorno a Sirmione e la necessità di raccontarti di me e il bacio che mi è stato impossibile fermare. Quando poi ti ho vista apparire nel parco quella notte ho pensato di essere impazzito. Io ero lì che pensavo a te ed eccoti in pigiama come una meravigliosa creatura venuta a salvarmi. E, dopo, su da te...» Lo vedo socchiudere gli occhi, dalle sue labbra quasi un rantolo. Il ricordo di quella notte sconvolge anche me per la sua intensità. Ma Andrea non si ferma: «Venire a Verate a trovare Giacomo sperando di vederti, ma cercando di non farlo, è stata una vera tortura, pensare a quello che avevo avuto, anche se per poco, e al fatto che potrei darti solo dolore...»

Ho un moto di insofferenza. Basta, non è possibile che faccia tutto da solo, che mi ripeta come un disco rotto di aver deciso che accanto a lui soffrirei. Andrea alza lo sguardo e mi fissa: «Aspetta,

Bianca, ti prego. Lasciarti in quel modo è stata la cosa peggiore e più dolorosa che io abbia mai fatto in vita mia. Mi sei entrata dentro. E non potrei più fisicamente sopportare di tornare a sognare una vita insieme per poi vedere il sogno sbriciolarsi di nuovo davanti a un tuo legittimo, sacrosanto desiderio di avere dei figli con l'uomo che…».

Non riesco più a tacere. Il freddo di poco fa si è trasformato in un batticuore che mi sta infiammando le guance: «Andrea, aspetta tu. Non riesco più ad ascoltarti, fai tutto da solo. Pensi davvero che io potrei avere figli da qualcun altro?». Lo guardo negli occhi. «Non sono più la timida apprendista agente immobiliare di fronte al suo cliente più fascinoso e importante, adesso. Da quando ti ho incontrato è cambiato tutto. Sono Maffei, come dicevi tu: e so cosa voglio. Sono Bianca, e sono venuta a Londra per cercarti. Non potrei volere dei figli da qualcun altro, perché, semplicemente, è te che amo. E penso di averlo fatto dal tuo primo, scostante sguardo davanti al plumbago.»

Lui alza un sopracciglio.

«Ok… allora non ne ero ancora completamente consapevole…» ammetto «in ogni caso, non mi interessava quello che ci riservava il futuro: mi bastava poterlo affrontare con te. Ma, se vuoi un mio parere, ci aspettavano solo cose belle.» La mia voce suona triste.

Lui sospira, ma mi accorgo che lo sguardo ora è meno cupo.

«Ho saputo che hai iniziato una storia.» Ma non è un'accusa.

«Avrai saputo allora che l'ho anche terminata» dico, e penso con un fondo di rimorso a Vittorio, che davvero merita di meglio di una che lo liquida come sto facendo io.

Annuisce.

«Sei dimagrita.»

«Ho sofferto tanto.»

«Anch'io.» Ha gli occhi smarriti ora. «È che, Bianca, volevo dimenticarti, ma non ci sono riuscito. E vederti oggi mi sta facendo capire quanto inutili siano stati i miei sforzi.» Toglie le mani dalle tasche e prende le mie.

Non doveva farlo. Sarà estremamente doloroso quando le lascerà.

«Non ci sei riuscito?» domando titubante. È possibile che...?

«No, non ci sono riuscito. Tu sei sempre stata nei miei pensieri. Sei parte di me ormai.»

Io non so cosa dire. Ma non voglio più illudermi.

Poi la sua voce ha un tono inaspettatamente divertito quando dice: «Se anche avessi voluto, Giacomo e le ragazze me l'hanno impedito».

«Le ragazze?»

«Mio fratello non riesce a perdonarmelo e, per quanto riguarda le tue amiche, sappi che ho ricevuto tutti i giorni e-mail in cui Eleonora, Costanza, Alessandra, Sassi e persino Cristina mi lanciavano a turno accuse di vigliaccheria e slealtà più o meno velate, scrivendomi quanto stavi male, esprimendo giudizi non lusinghieri sul mio comportamento e dandomi precise indicazioni su come rimediare.» A questo punto gli si apre quasi un sorriso: «Oltretutto le e-mail erano spedite al mio indirizzo della società, l'unico che loro conoscono, e ci sono stati momenti di grande imbarazzo quando questi messaggi pieni di maiuscole, punti esclamativi e, nel caso di Eleonora, emoticon molto espliciti, apparivano nell'angolo del monitor durante le riunioni in cui era in condivisione sullo schermo gigante. Anche se qui pochi parlano italiano, che non si trattasse di lavoro, ma di ragazze molto arrabbiate con me era piuttosto chiaro».

Le ragazze di Verate.

«Avresti potuto bloccarle.»

Annuisce: «Sì, avrei potuto». Ma non l'ha fatto.

«Mi dispiace averti fatto soffrire, pensavo fosse per il meglio, per tutti» ribadisce.

«Per il futuro, evita, per favore», ma sono quasi felice: gli dispiace.

«E poi, vedi, non è servito a nulla» aggiunge. «Niente è cambiato per me.»

Un silenzio lungo, lunghissimo. Mi sembra che il mondo si sia fermato. Di udire il suono di ogni singolo fiocco di neve che si posa su di noi.

Andrea si volta verso di me e mi prende il viso tra le mani. Chiudo gli occhi. Quanto mi è mancato.

Avvicina le labbra al mio orecchio: «Credo che tu mi abbia stregato, bellissima, dolcissima Bianca... E io... io ti amo così tanto.» E mi tengo le sue parole un po' sul cuore prima di lasciarle andare nella neve. Poi ecco che, nonostante tutto questo freddo, torna la magia delle nostre bocche, le labbra incredibilmente calde che si cercano e si trovano mentre ci stringiamo in un abbraccio disperato e pieno di gioia. Quando ci stacchiamo, come per istinto mi volto a guardare le vetrate di fronte dove noto un certo numero di persone accalcate che ci stanno osservando. Riconosco Sophie e la ragazza del centralino. Abbiamo dato spettacolo, quindi.

«Loro sanno?»

«Qualcuno l'ha intuito e vedo che è stato attivato un efficace passaparola. La notizia di me innamorato deve essere per loro particolarmente interessante.»

Sorrido. Lo è anche per me!

Ma Andrea si alza e mi trascina via: «Andiamo».

«E dove?» chiedo.

«A casa.» E non c'è risposta più bella.

Epilogo

Torno da Londra dopo due giorni di immersione totale in un microcosmo fatto solo di me e lui (con la partecipazione straordinaria del fattorino del pakistano di fronte, un cameo davvero apprezzato, peraltro). Due giorni in cui abbiamo molto parlato e molto... be', sapete cosa. Ci siamo talmente isolati dal mondo che solo quando abbiamo aperto la porta questa mattina ci siamo accorti che fuori aveva nevicato per tutto il tempo, ma neanche il difficile percorso in taxi verso Heathrow ha scalfito il nostro buonumore o spento i nostri sorrisi.

Sul sedile posteriore del *black cab* che ci portava all'aeroporto, accoccolata fra le sue braccia, ci siamo scambiati la promessa di mai più permettere che qualcosa possa allontanarci l'uno dall'altra, senza parlare, senza chiarirci, sotto l'occhio complice di un tassista irlandese che difficilmente avrà potuto comprendere le parole ma di sicuro ha afferrato il contesto.

Certo, poi i saluti non sono stati facili. Ma ora che sono di nuovo qui a Verate, in attesa che Andrea mi raggiunga nel fine settimana, il sorriso riaffiora tutte le volte che il pensiero torna a lui. Sempre, quindi.

La prova che Andrea dia molta importanza alla nostra storia mi è arrivata dal fatto che Giacomo ne sia stato immediatamente informato e ne sia stato felice.

«Mancavi solo tu: una sorella minore da tormentare» è stato il suo commento.

Anche se... be', anche se non siamo più tornati sull'argomento matrimonio. Certo, so che è terribilmente prematuro, ma questo non mi esime dall'esserne contrariata.

In ogni caso in poche settimane la mia vita è di nuovo decisamente cambiata. Abito ancora a Verate ma ora nell'appartamento di Andrea, ho pagato il mio obolo all'Ordine e sono di nuovo un architetto. Chiuso il cantiere più bizzarro in cui io abbia mai lavorato, ho chiuso anche con l'impresa edile Locatelli. Ho ringraziato Vittorio che, da vero amico, ha capito.

Con Irene (alla fine lasciata da Piergiorgio per «il bene della famiglia» ma più probabilmente per la nuova giovanissima stagista) stiamo per coronare il sogno di uno studio tutto nostro e in questo (incredibile) c'è lo zampino del geometra Volpe, che già ci ha raccomandato per alcuni incarichi. Ma il primo lavoro sarà intervenire sul sottotetto che gli abitanti di casa Levati hanno deciso di trasformare in un appartamento. E sarà un appartamento molto speciale: la struttura dovrà essere adattata alle esigenze di Giacomo e sarà quindi una casa domotica studiata per le sue necessità, pronta a ospitare lui e le varie figure che si alterneranno al suo fianco.

Con il percorso di riabilitazione seguito qui a Verate si sono ottenuti degli ottimi risultati e l'intervento gli ha ridato l'uso delle mani, il che gli permette più autonomia di prima; la notizia più emozionante, però, è che la professoressa Piras, mamma di Sassi e vicepreside del liceo di Verate, gli ha offerto la cattedra di Lettere al momento scoperta. Per ora è solo una supplenza annuale, ma il ritorno all'insegnamento lo eccita tantissimo e (nel suo immenso ottimismo) non vede ostacoli («Se Stephen Hawking nelle sue condizioni insegnava la termodinamica dei buchi neri a Cambridge, io potrò affrontare la rotazione consonantica al liceo di Verate, no?»); gli studenti, lo so, lo adoreranno. Questo suo tornare a una vita relativamente normale sarà tutt'altro che facile, ma tutti ci daremo da fare affinché avvenga.

Per il momento Andrea, in attesa di aprire la sede italiana della Patrol Real Estate, torna solo per i fine settimana.

O almeno era quello che credevo fino a ieri sera, quando Giacomo si è fatto sfuggire che in realtà suo fratello negli ultimi tempi è andato spesso a Sirmione.

Senza venire a Verate. Senza dirmelo.

Ed è quindi da ieri che io mi tormento con questo pensiero. Che mi fa così male da non aver avuto nemmeno il coraggio di accennarglielo durante la nostra solita telefonata via Skype.

Che non fossi dell'umore giusto lui lo ha senza dubbio percepito. Ma, come è universalmente noto, ci sono cose che una donna difficilmente esplicita e così mi sono trincerata dietro al solito femminile e granitico «niente» in risposta alla sua domanda: «Cos'hai?» (nelle sue molteplici variazioni, tipo «C'è qualcosa che non va?», «È successo qualcosa?»).

Poi questa mattina la sorpresa di un WhatsApp laconico e dal deciso carattere imperativo: "Prendi il treno delle 14.15 per Desenzano. Ci sarà qualcuno ad aspettarti".

Che mi ha un po' un sapore da *Mission Impossible*. Mancava solo l'avvertimento "Fra cinque secondi questo messaggio si autodistruggerà" per farmi sentire appieno un membro dell'IMF.

Ma l'unico pensiero che mi attraversa la mente è: "Lui è a Sirmione e io non lo sapevo".

E così è con un misto di curiosità e disappunto che prendo l'autobus delle dodici che mi porterà fino alla stazione centrale di Milano. Mancano due settimane a Natale. Fa freddo e il cielo è una trapunta di nuvole grigie che promettono neve.

E infatti a Rovato comincia a nevicare, quando arrivo a Desenzano il piazzale della stazione è già tutto bianco.

Ad aspettarmi nel grande atrio c'è Andrea. Con cui vorrei proprio fare la sostenuta, e invece appena lo vedo volo fra le sue braccia. Felice di essere qui con lui.

«Ciao, amore mio, hai viaggiato bene?» mi sussurra fra i capelli.

«Sì, grazie. E ora sono contenta di essere qui con te.» E per un attimo dimentico le domande che dovrei porgli.

In macchina mi aggiorna sullo stato dei lavori: «È tutto pronto, vedrai. I ragazzi e gli operatori arriveranno a gennaio, Vincenzo ed Ersilia si sono già ricavati un appartamentino nella villa, ora sono in Sicilia per le vacanze ma non vedono l'ora di accogliere gli ospiti. Sai, poi abbiamo…» e comincia a darmi i dettagli sulle scelte fatte per la messa a norma. Ne è così entusiasta che non me la sento di introdurre l'argomento del dibattito odierno e cioè "Omettere è come mentire".

La vista del parco innevato poi fa il resto. Il campo da tennis, il prato, la piscina non si distinguono più, coperti da uno strato ormai significativo di neve soffice. Solo il molo si estende bianco, ma ben identificabile, su un lago dello stesso colore grigio perla del cielo. Un panorama sicuramente non consueto qui e di grande effetto.

La casa ha subìto poche variazioni: completamente rifatta la cucina, per il resto si è scelto di lasciare i mobili originali limitandosi a delle coperture lavabili e più pratiche per gli imbottiti, ma in ogni caso rispettose dello stile e dei colori della casa. Quindi i ragazzi godranno di tutto, dallo Steinway al biliardo, e consumeranno i pasti al meraviglioso tavolo bianco seduti sulle sedie in stile gustaviano.

Le enormi camere singole sono state trasformate in doppie e a volte in triple; una stanza è pronta a ospitare Giacomo ogni volta che vorrà. Un altro intervento ha avuto come oggetto la vecchia carta da parati che è stata sostituita da una mano dello stesso grigio chiaro presente al piano inferiore. Nella sala giochi ora, oltre al biliardo, troneggiano un'enorme televisore a chissà quanti pollici, un lettore DVD e una bella raccolta di film.

«Ho fatto installare anche una linea a banda larga e ora in tutta la casa c'è il Wi-Fi.»

Ha decisamente esagerato. E questo me lo fa amare ancora di più, ammesso che sia possibile.

Ma non faccio in tempo a esternargli i miei sentimenti perché lui, lanciandomi uno sguardo indecifrabile, mi dice: «Vieni, ti devo mostrare una cosa» e mi prende per mano.

«Cosa?» chiedo con una giusta dose di curiosità.

«Il tuo regalo di Natale.»

Adesso sono curiosissima. Cosa mi avrà comprato per Natale? Io gli ho fatto l'abbonamento a Storytel in modo che possa ascoltare i libri mentre lavora. Certo non mi aspettavo che ce li scambiassimo ora i regali…

Usciamo dalla villa e, sotto la neve, attraversiamo il parco fino a raggiungere la casa del custode.

Dentro le luci sono accese.

Entrando siamo accolti da un abbaiare gioioso di cucciolo, ed ecco qui un giovane corgi che ci corre incontro allegro sulle sue zampette, seguito da un gattino rosso tigrato e dai grandi occhi verdi.

«Ti presento Barnaby e gatto rosso… deciderai tu il nome… io finora l'ho chiamato "micio" e sembra piacergli.» Sono senza parole, e lui, equivocando la mia afasia e imputandola alla misura del felino, aggiunge subito: «Mi hanno assicurato che diventerà un gatto enorme…».

«Andrea, è che…» Vorrei chinarmi ad accarezzare i cuccioli, ma lui mi sta già trascinando verso la cucina, seguiti da un Barnaby saltellante e da un Micio curioso; qui l'unico elemento dell'arredamento è un tavolo in legno e marmo appoggiato su un pavimento a piastrelle bianche e blu.

«La tua cucina con le ceramiche che volevi, potrai arredarla poi come vorrai, fuori c'è la vista lago...» comincia a elencare «ho fatto installare i pannelli solari su un lato del tetto, fatto aprire una gattaia nella porta e acquistato una cuccia per Barnaby... il tuo studio è al piano di sopra... la lavanderia sul retro...» Si vede che è soddisfatto. «E qui» mi dice spostandosi verso il soggiorno «c'è il camino, vedi, è già acceso... e invece lì il divano», indicando il grande, meraviglioso imbottito rosso ciliegia. «Per l'adolescente con lo skateboard ci stiamo attrezzando... per il resto... per il resto vedremo cosa ci regalerà la vita» sorride.

Se ne è ricordato. E questo è il regalo più bello. Mi ha ascoltata, se ne è ricordato. La mia casa dei sogni.

La gioia è così tanta che comincio a piangere.

«No... Bianca, non era questo l'effetto che volevo ottenere...» Fa un passo verso di me. È spiazzato. Capisco che non si capaciti della mia reazione, ma io non posso smettere di piangere e ora sto anche singhiozzando.

«Se non ti piace...» Adesso è anche un po' spaventato.

«Ti sei ricordato! Ti sei ricordato di quello che ti ho detto!» dico abbracciandolo. E bagnandogli abbondantemente la spalla.

«Certo... certo che mi sono ricordato... la tua casa ideale...» mi risponde posandomi un bacio sulla fronte.

«Che è molto di più di quello che desidero» riesco finalmente a dire. «È bellissima. Grazie.»

«È tua, potrai arredarla come vuoi. Oggi il notaio Bigli ci aspetta per il passaggio di proprietà. È il mio regalo di Natale per te.»

Mi scosto un attimo da lui.

«Ma io non voglio.»

«Cosa non vuoi?» La mia affermazione lo ha sconcertato.

«Non voglio che questa casa sia mia.» Mi rendo conto che il tono della mia voce sta virando verso il capriccio infantile.

«E perché?» Una vena di delusione.

«Perché non voglio niente che sia solo mio... voglio qualcosa che sia nostro! Non capisci?!»

Lui scuote la testa ma è chiaramente sollevato e mi pare anche divertito. Mi stampa un bacio felice sulla bocca e poi: «Bene, avevo riservato questo momento per la vigilia di Natale ma forse è meglio se...». Non finisce la frase, mi prende per mano e mi guida verso la grande portafinestra che dà sulla terrazza. Da qui si può vedere la neve cadere fitta sul lago.

Mi afferra anche l'altra mano e poi, prendendo un lungo respiro, con voce grave e occhi seri: «Bianca, vuoi diventare mia moglie? Vorrei poterti dare tutto quello che desideri... ma ti prometto, ti prometto che ti darò tutto quello che sarà in mio potere darti, questo sì».

Io guardo ipnotizzata l'anello che come per magia è apparso fra le sue mani. L'ondata di calore che provo non è di certo dovuta al fuoco del camino. Si sprigiona direttamente dal cuore.

«Sì! Certo che voglio sposarti! E per quanto riguarda i miei desideri, non ne ho altri che quello di renderti felice per tutto il resto della nostra vita. Perché la mia casa è dove sei tu.»

Ringraziamenti

Ed eccoci alla fine di un'altra avventura e anche questa volta ho avuto accanto a me dei compagni di viaggio preziosi e insostituibili.

Innanzitutto devo ringraziare chi mi ha dato assistenza sul piano tecnico introducendomi al magico mondo dell'edilizia e quindi:

L'architetto Elena Grilli e il geometra Silla Maffini, che mi hanno assistito nel mio "processo creativo" con grande professionalità, disponibilità e una notevole dose di pazienza.

L'architetto Sonia Donelli, che molto generosamente mi ha regalato il titolo della sua tesi di laurea e raccontato la passione che nutre per il suo lavoro.

Ancora una volta grazie alla dottoressa Marta Bruno Ventre per tutta la parte medico-ospedaliera.

Grazie alla casa editrice Giunti tutta e in particolare a:

Giulia Ichino, mia editor da sempre, questo libro nasce da una sua idea, quindi a lei ancor di più tutta la mia gratitudine.

Laura Gagliardi che ha curato l'editing. È stato un piacevole e fruttuoso ritrovarsi.

Ad Antonio Franchini, che mi tratta come se fossi un'autrice vera e che in un paio di occasioni mi ha persino prestato la sua scrivania.

A Jacopo Guerriero, gentile, disponibile, professionale.

E soprattutto alle mie lettrici. Siete sempre di più. Grazie.

MISTO
Carta da fonti gestite
in maniera responsabile
FSC® C023419
www.fsc.org

Stampato presso Lego S.p.A.
Stabilimento di Lavis